中华先锋人物
故事汇

郭明义

平凡与非凡

GUO MINGYI
PINGFAN YU FEIFAN

曾维惠　著

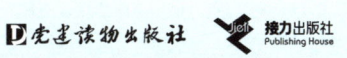

党建读物出版社　　接力出版社

图书在版编目（CIP）数据

郭明义：平凡与非凡 / 曾维惠著 . —南宁：接力出版社；北京：党建读物出版社，2024.1

（中华人物故事汇 . 中华先锋人物故事汇）

ISBN 978-7-5448-8418-1

Ⅰ. ①郭… Ⅱ. ①曾… Ⅲ. ①传记小说－中国－当代 Ⅳ. ① I247.5

中国国家版本馆 CIP 数据核字 (2023) 第 248041 号

郭明义——平凡与非凡

曾维惠 著

责任编辑：李茗抒　钱玲娣	
责任校对：杨少坤　阮　萍	
装帧设计：严　冬　　美术编辑：高春雷	
出版发行：党建读物出版社　接力出版社	

地　　址：北京市西城区西长安街 80 号东楼（邮编：100815）
　　　　　广西南宁市园湖南路 9 号（邮编：530022）
网　　址：http://www.djcb71.com　　http://www.jielibj.com
电　　话：010-65547970/7621
经　　销：新华书店
印　　刷：北京科信印刷有限公司
2024 年 1 月第 1 版　　2024 年 1 月第 1 次印刷
787 毫米 ×1092 毫米　32 开本　5.75 印张　82 千字
印数：00 001—10 000 册　定价：28.00 元

版权所有　侵权必究

质量服务承诺：如发现缺页、错页、倒装等印装质量问题，可直接联系本社调换。
服务电话：010-65545440

目 录

写给小读者的话 ………… 1

有事找老郭家 ………… 1

他送的水是甜的 ………… 9

是谁生的炉子 ………… 17

我，决不造假 ………… 27

走雷锋走过的路 ………… 33

两百多担水 ………… 41

进了炊事班 ………… 49

成了小猪倌 ………… 55

拼命学技术 ………… 63

没事，没事 ········· 69

每天背，每天背 ········· 77

心里装着集体和国家 ········· 87

采场就是我的家 ········· 93

一股子狠劲儿 ········· 101

我能叫您一声爸爸吗？········· 111

公共资源，不许捐赠 ········· 117

永远还不上的欠条 ········· 125

治治自己的胆小 ········· 133

搓澡工 ········· 139

心里的"小算盘" ········· 147

爱的传承 ········· 157

平凡与非凡 ········· 165

写给小读者的话

亲爱的小朋友，如果我告诉你：有一个人，一辈子都在学雷锋，一辈子都在献爱心，你会怎么想？

如果我告诉你：这个人心里装着的永远是别人，对需要帮助的人，他愿意倾囊相助，你会相信吗？

如果我告诉你：这个人，有六十多本献血证，累计献血七万多毫升，你会相信吗？

如果我告诉你：这个人什么好东西都愿意送给别人，早上出门穿的是新鞋，晚上回来时也许穿的就是一双旧鞋，你会相信吗？

这个人不只自己献爱心，还影响了身边无数

的人，让大家跟他一起献爱心。他在全国组建了一千四百多支爱心团队，共有二百四十多万名志愿者，跟着他一起学雷锋、献爱心。

这个人，从早晨睁开眼睛起，心里、眼里就满是工作，满是需要他帮助的人和需要他处理的事。他从来没有想过自己，也不喜欢跟别人讲自己做过的好事。

这个人，帮助过五百多个贫困家庭，收到了三百多封感谢信。

这个人，获得了许多荣誉。二〇一〇年，荣获"全国优秀共产党员"称号；二〇一一年，入选"感动中国2010年度人物"；二〇一二年，荣获"当代雷锋"荣誉称号；二〇一八年，荣获"改革先锋"称号；二〇一九年，荣获"最美奋斗者"称号……纵使获得了这么多荣誉，他却并没有停下奉献的脚步。

这个人，就是郭明义。

他就这样奉献了几十年。他总是对别人说：

"帮助别人,快乐自己。我做好事就是幸福。"

有人问他为什么这么做,他用一首诗——《我是一名党员》做出了回答:

我是一名党员
我在做着
伟大人民认为应该做的
一点点的事情
……

有事找老郭家

在辽宁省鞍山市齐大山铁矿（当时叫樱桃园铁矿）的山脚下，有一片简陋的、四面漏风的石头房子。这些房子虽然极为简陋，却是矿工们的家。老郭一家人就住在其中的一座石头房子里。

一九五八年十二月二十七日，老郭家传出喜讯。

"快，要生了！"

叶景兰要生了，而郭洪俊的母亲——这位远近闻名的不知道接生过多少新生儿的接生婆却"怯场"了。面对临产的儿媳妇，她不知所措。

"我……有点害怕……"郭洪俊的母亲不好意思地说，"赶紧去矿医院请医生……"

一位邻居跑到矿医院，请来了一位女医生。渐渐冷静下来的郭洪俊的母亲和女医生一起接生下了一个男孩。

对每个家庭来说，给孩子取名是一件大事。该给这个刚出生的男孩取个什么名字呢？老郭家向来崇尚善良、仁义，他们希望孩子长成一个有道德、明事理、讲仁义的人，于是，便给孩子取名为郭明义。

这样的家庭，注定要养育出一个优秀的孩子。也许你会问，这是一个什么样的家庭呢？

这是一个矿工之家。

郭洪俊是一位矿工，对他来说，矿山就是第二个家。在工作上，他兢兢业业。他把所有的时间和精力都奉献给了矿山，哪怕是大年三十，他也会加班到很晚才回家。有人问郭洪俊："家里人都等着你回去过年呢，你怎么这么晚才回家呀？"郭洪俊微笑着说："矿山也是家，也需要我们的守护。"

在那个年代，矿里的生产条件一般，设备落后，没有大型破碎机。为了提高产量，赶进度，郭洪俊会把沉甸甸的矿石挑回家，和家人一起用铁锤砸矿石。小小的郭明义，也跟着大人一起砸，手都磨破了皮。

"明义，累不累？"父亲问郭明义。

"不累不累！我们一起把矿石砸碎！"郭明义说。

小小的郭明义，还会跟着父亲一起，把砸碎了的矿石搬运到矿里去。这些看起来微不足道的小事，却在郭明义的心里播下了种子，这粒种子的名字叫奉献。

作为矿工家属，郭洪俊的母亲，也就是郭明义的奶奶，也深爱着铁矿。当满载着矿石的矿车在路上颠簸着前行的时候，总会有一些矿石从车上掉落到路上。每当看到这些矿石，奶奶总是说："可惜了，可惜了……"一路上，她要么提着竹篮，要么背着背篓，一块块地捡着矿石。在奶奶眼里，这些不起眼的矿石极为金贵，一块都不能遗落。等矿石积攒多了，她会把它们送到矿山上去。

"我也要捡。"小小的郭明义也跟在奶奶的身后，一块块地捡着矿石。

"好，一起捡。"奶奶带着孙子，快乐地捡着矿石。

奶奶经常腰疼，每每弯腰捡矿石都会非常吃力，但她依旧甘之如饴。

这是一个仁义之家。

"有事找老郭家。"这是矿区家属们常说的一句话。

郭明义的奶奶是接生婆，矿区有许多孩子都是奶奶接生的。奶奶除了有高超的接生技术，还有一颗善良仁慈的心。如果哪家要生孩子了，不管天多黑，路有多不好走，她也绝对不会推辞，而是尽最大的努力赶去，为产妇接生。遇到有困难的人家，她还会带一些东西去，比如米、油、糖等，帮助他们渡过难关。

"你呀，给人家接生，不收钱不说，还要搭上米啊，油啊，鸡蛋啊，亏不亏啊？"有人问奶奶。

"不亏，不亏，东西没了，仁义在。"奶奶总是笑着回答。

郭洪俊也是一个极为慷慨大方的人。郭明义长大后，在谈起父亲时，他总说："我父亲爱联络人，谁到家里来，没吃饭，他就做饭招待。父亲对同事、朋友都很讲义气。"

有一次,一位邻居家断了粮,邻居叔叔拿着瓢来到郭洪俊家,又不好意思提借米的事。郭洪俊见了,从邻居手里拿过瓢来,走到米缸前,装了满满一瓢米,然后说:"拿去吃就是,不用还了。"每个月,这样的事情总会发生好几回,结果是别人家续上了粮,郭洪俊家却断了粮。

"老郭,你傻呀,自家的粮食都不多,还送给别人吃。"有人对郭洪俊说。

"不能让邻居饿肚子啊。"郭洪俊说。

一开始,郭明义也不理解父亲的做法。他问父亲:"我们家的米也不多,为什么要送给别人呢?"

父亲抚摸着郭明义的头说:"明义啊,我们自己好了,就要想想别人过得好不好。我们要尽最大的努力去帮助别人,别人的困难得到解决了,我们也会感受到快乐。"

年幼的郭明义似乎明白了父亲的意思,他点点头说:"好!以后我也要尽最大的努力帮助别人。"

郭明义的妈妈叶景兰懂正骨、推拿,有谁扭伤、脱臼了,都来找叶景兰。叶景兰总是非常乐意帮助大家,却从来不收钱。有人问她为什么这么做,她总是说:"能帮人就帮人,这是做人的本分。"

在为人处世上,奶奶、父亲和母亲对郭明义的影响是非常深远的。每当面对别人的求助,老郭家的人总是说:"没问题。"渐渐地,郭明义也学会了说"没问题"。不管大事小事,只要有人需要帮助,他就会热心地帮别人,直到问题解决。

这是一个英雄之家。

一九六八年七月二日,辽阳市兰家公社响山大队发生了一件大事情。那天,鞍钢樱桃园铁矿职工子弟学校的初中生们跟解放军们一起,给驻地的社员家里挑水,打扫卫生。在打水的过程中,一不小心,一个水桶掉进了井里,在那个年代,水桶可是非常重要的工具。一名学生下井去捞水桶的时候,水井塌方了。

解放军赶紧清理井中的砂石,想及时把学生救出来。没想到水井再一次塌方,一名解放军排长也被埋在了井底。

情况万分危急!接到相关报告后,郭洪俊带着矿上的工友们赶到现场，用双手抠泥、搬石块，奋战了二十多个小时，才将被埋在井底的人挖了出来。救助结束后，人们发现郭洪俊双手鲜血直流，指甲已经脱落。

从此，郭洪俊成了大家眼里的英雄，"郭老英雄"声名远扬。那一年的国庆节，郭洪俊作为"响山子英雄集体"的代表，到北京做了报告，还受到了毛泽东主席和周恩来总理的接见。

有一次，郭洪俊在看从北京寄来的请柬时，郭明义问："爸爸，当时您的手指甲都抠掉了，您疼吗？"

"不疼，当时一心想着赶紧把人救出来。"郭洪俊说。

"一心想着别人，手就不疼了，对吗？"郭明义说。

"是的，"郭洪俊抚摸着这让一家人都感到无上光荣的请柬，"奉献永远是快乐的。"

家人对矿山的深厚情感，家人的宽厚仁义，家人的奉献精神，无时无刻不在影响着小小的郭明义。奉献的种子，已经在郭明义的心中生根、发芽……

他送的水是甜的

雷锋，一个响亮的名字。雷锋精神影响着一代又一代中国人。

为什么要提到雷锋和雷锋精神呢？雷锋参军前曾在辽宁鞍山钢铁厂工作过。在全国掀起学雷锋热潮之后，鞍山钢铁厂上上下下也都投入到轰轰烈烈的学雷锋热潮中。

在鞍钢号召大家"全力支援矿山生产"的特殊时期，还没有入学的郭明义，也加入了支援矿山生产的队伍中。可是，郭明义只是个还没有上学的小孩，他能为矿山生产做些什么呢？

郭明义一直是一个爱动脑筋的孩子，所以，小伙伴们每当遇到问题的时候，都喜欢问他。

"郭明义,我们力气小,能帮上什么忙呀?"李树伟问。李树伟是郭明义的邻居,也是郭明义的好朋友。

郭明义想了想,说:"送热水。"

"为什么不去帮忙搬矿石呢?"一个小伙伴问。

"我们搬不动。"李树伟说。

"为什么要送热水呀?"另一个小伙伴问。

"喝热水,暖和。"郭明义说。

郭明义提出送热水自有他的道理。这几天晚上,父亲郭洪俊从矿山上回到家里后所做的第一件事情便是咕咚咕咚地喝热水。喝够了热水,父亲才说:"这么冷的天,要是矿上也有热水喝就好了。"

那些年,矿上的条件十分艰苦,工人们想要在繁忙的工作之余喝上一口热水是件很困难的事。小小的郭明义把父亲的话放在了心上,在与小伙伴们商量着要去矿上帮忙的时候,他提出了送热水的想法。

"我要学雷锋做好事。"郭明义决定用行动来实现。

住的地方离矿山有好几里路,大冬天的,壶里的热水还没送到矿山就变成了凉水,甚至结了冰。怎么办呢?

"给水壶穿上小棉袄吧。"郭明义说。

"为什么要给水壶穿上小棉袄呀?"一个小伙伴问。

"把手放进棉袄里,手就不会变冷。把水壶放进小棉袄里,水肯定也不会变冷。"聪明的郭明义说。

这个想法得到了大家的赞同。

郭明义让妈妈给水壶做了一件小棉袄,套在水壶上,刚刚好。给水壶灌满热水后,再给水壶穿上小棉袄,这样一来,热水就会冷得慢一点儿了。

然而,出了送热水这个主意的郭明义,却有着自己的小秘密没有告诉大家。

"走,送热水。"郭明义一声招呼,小伙伴们便背着水壶,往矿上走去。

从家里往矿上送热水,可不是一件容易的事情。几里路听起来并不是太远,可这不是普通的路,而是崎岖的山路。若是平常,也没关系,出出汗就到了。可是,如果遇上雨雪天,就要走得很小心，因为路会变得很滑，稍不注意就会滑倒。

这一群小伙伴都正是贪玩的年纪。走着走着，便有小伙伴捡起小石头扔向远处，比赛谁扔得远。郭明义大声地对他们说："赶紧走啊，不然水都凉了。"

"再玩会儿吧。一直爬坡，太累了。"一个小伙伴说。

"我们快走吧，在矿上劳动的叔叔、伯伯们肯定口渴了。"郭明义说。

"赶紧走，不然叔叔、伯伯们就喝不上热水了。"李树伟站在了郭明义这一边。

"叔叔、伯伯们喝到热水后，我们再玩。"郭明义说。

于是，小伙伴们便又开始认真地赶路。

小伙伴们走到矿山上的时候，额头上都出了汗。但是，看见叔叔、伯伯们在非常口渴的时候喝上了热水，大家都非常开心。

"谢谢你们让我们喝上了热水。"

"小家伙们，辛苦了！"

"有水喝了，真好，我好渴啊！"

……

矿山上的叔叔、伯伯们都开心地喝着他们送去的热水。

在送了几次热水后,父亲郭洪俊听到了这样的话:

"咦,我喝到了甜水?"

"我也喝到了,真的很甜。"

"喝了甜水,干活儿更有力气。"

"这甜水,是郭明义他们送来的。"

"对,小家伙们送来的水是甜的。"

……

晚上,父亲郭洪俊从矿山上回到家里,问郭明义:"明义,甜水是你送的吗?"

郭明义挠了挠脑袋,不好意思地说:"是的,我拿了家里的糖,放进了热水里。"

母亲叶景兰笑着说:"难怪这些天我看见糖罐里的糖越来越少了,我还以为是明义偷吃了。"

"我没有偷吃。"郭明义说,"我喝的水里没有放糖。放了糖的水,都送到矿山上去了。"

"明义,我们没有怪你,你做得对。"叶景兰抚摸着郭明义的头,夸赞了他。

"明义,你做得对!好东西就是要和大家分享!"郭洪俊也赞同儿子的做法。

在那个物资匮乏的年代,各家各户的糖都是有限的,因为要凭票买糖,票用完了,就买不到糖了。家家户户都把糖当宝贝一样藏着,不会随随便便拿出来吃,都是在十分重要的节日或者有客人来的时候才拿出来吃。家里的糖,很快就被郭明义用完了。这可怎么办?

可不能让叔叔、伯伯们喝白开水。郭明义想。

在郭明义看来,做好事开了头,便不能停止。郭明义之所以这样想,也是受到了长辈们的影响。郭明义在家里翻箱倒柜地找,他想要找到一种可以放进热水里的好东西。

找到了,可以放茶叶!

"奶奶,我可以用这些茶叶煮茶水送到矿山上去吗?"郭明义问奶奶。

"当然可以!我们做好事要做到底。矿山上的人们口渴了,喝上几口热茶,能增加干劲。"奶奶说。

在那个年代，茶叶也是稀罕物，人们不会随随便便拿出来分享。然而，老郭家有着"尽最大的努力帮助别人""好东西就是要和大家分享"的传统。为了帮助别人，为了给大家带去温暖，再稀罕的物品，也比不上帮助他人重要。一家人都赞同把茶叶拿出来煮茶水，送到矿山上去。

于是郭明义便开始向奶奶学习煮茶水。

矿山上的叔叔、伯伯们在喝过了甜水后，又喝到了清香的茶水。他们都夸郭明义懂事，也夸老郭家仁义。

有一次，郭明义在送茶水的路上，脚底一滑摔倒在地，但就是这样，他也紧紧地抱着水壶。

"你不抱脑袋，抱着壶干什么？万一摔到脑袋，就把你摔傻了……"一个小伙伴笑着说。

"壶里的茶水，可比脑袋重要多了。"郭明义说完这话，笑了。

"真傻，嘻嘻。"一个小伙伴说。

"嘿嘿。我傻，我愿意。"郭明义笑着说。

是谁生的炉子

一九六七年,郭明义上小学了。

受家人的影响,受雷锋的影响,"学雷锋,做好事"这几个字深深地刻在了郭明义的心上。除了学习,郭明义天天都想着怎么做好事,只要一天没能做好事,他就会觉得不舒服,总觉得有什么任务没有完成。

东北的冬天特别冷。每天早晨,郭明义和小伙伴们走出家门,都得把棉袄裹得紧紧的,但是,凛冽的寒风总是会无情地往衣服缝里钻,冻得大家直哆嗦。地上的雪很厚。小伙伴们不停地跳着、跑着,想让全身暖和一点儿。可身体通过活动产生的热量,根本就抵不住寒冷的侵袭。

"快跑！跑进教室里去躲一躲。"一个小伙伴说。

"教室里只是风小一点儿，也一样冷。"另一个小伙伴说。

是啊，在那个没有暖气的年代，教室里除了少一些寒风，和教室外的气温相差不了多少。小伙伴们进了教室，也同样打哆嗦。为了让老师和同学们在暖和一些的环境里学习，学校决定在每个班生一个炉子。

郭明义每天都早早地来到学校，一跑进教室，便和小伙伴们一起生炉子。

"赶紧生火吧，太冷了。"

"唉，就算生好了炉子，也要过好一阵子才能让整个教室暖和起来。"

"有没有办法让教室暖和得快一点儿啊？"

……

小伙伴们七嘴八舌，都希望每天能早点感受到热炉子带来的温暖。

是啊，这大冷天，大家肯定都希望进了教室便能感受到温暖，而快上课了才进教室生炉子，肯定要过好长时间才能让整间教室暖和起来。

上课时间到了,大家都回到座位上坐下来,开始读书。上课前大家还可以跳一跳,跺跺脚,搓搓手,用这样的方式让身体暖和一点儿,现在坐着不动了,便会感觉越坐越冷。不一会儿,有小伙伴的鼻涕不听话地跑出来了,喷嚏也一个接一个地响起来,就连读书的声音都是断断续续的……是啊,教室里太冷了,刚生好的炉子所散发出来的热量,还不能让整间教室暖和起来。

"同学们,我们一起耐心地等待吧,教室里很快就要暖和起来了。"老师对大家说。讲台上的老师也把棉袄裹得紧紧的,同学们看得出来,老师也在打哆嗦。

"每天都要生炉子……让炉子早些生起来……"郭明义在心里念叨着这两句话,越念越开心。天天盼着做好事的郭明义,终于找到了一件可以一直做的好事。

一天早晨,郭明义比往常早起了近两个小时。叶景兰奇怪地问:"明义,今天起这么早做什么?"

"妈妈,我要去学校。"郭明义说。

"这么早去学校做什么?"叶景兰更加好奇了。

"我有重要的事情要做。"郭明义说。

叶景兰没有追问,因为她知道,儿子要做的事情,除了学习,便是帮助老师,帮助同学。

郭明义迎着寒风,走在通往学校的路上。这时候,路上还看不见一个上学的小伙伴。郭明义心想:他们还在被窝里呢……等他们到了学校,一定会很开心……想到这些,郭明义走得更快了。

"哎哟!"郭明义一不小心摔了一跤,不过,他并没有不开心。他赶紧爬起来,再一次加快了脚步。他要尽早赶到学校,为大家做好事。

郭明义提前了近两个小时起床,所以他自然是最早来到学校的。一进教室,郭明义便开始生炉子。虽然郭明义还只是一个小学生,但也跟着家人一起学做了不少家务活儿,像生炉子这样的事情,对他来说,根本不在话下。

郭明义先拿来一些柴块和引火柴,放进炉子里点燃,引火柴引燃了柴块。接着,要在柴块上面加煤块。这时候,大量的浓烟从炉子里冒出来,呛得郭明义直流眼泪。

是谁生的炉子

不过，郭明义并没有抱怨这呛人的浓烟。他一想到老师和同学们走进教室便能感受到温暖，心里就非常高兴。

柴块上的煤，终于被引燃了。这时候的郭明义已经成了"大花猫"。为了不让大家知道是他生的炉子，他开始用袖子擦脸，擦了又擦，花了不少时间才把脸上的煤灰都擦干净。

炉子生起来了，这个时候时间还早，老师和同学们都还没有到学校里来。郭明义坐在炉子旁，拿出书，看了起来。

过了一阵，郭明义从炉子旁走开，走到了教室的另一头，感受着教室里的温度。另一头也开始暖和起来了，这让郭明义感到很满意。

郭明义估计小伙伴们该来学校了，便端端正正地坐到了自己的座位上，读起书来。

小伙伴们一个接一个地进了教室。郭明义悄悄地注意着小伙伴们的表现。

一个小伙伴在走进教室的时候，还紧紧地裹了一下棉袄，准备应对教室里的寒冷。可是，他随即感觉到，今天的教室有些不一样。他四下张望，伸出手来感受着温度,然后咧嘴一笑,说:"好热乎啊!"

又一个小伙伴走进教室,他立即感受到了温暖,大声惊呼:"哇,教室里跟教室外是两片天吗?"

还有一个小伙伴走进教室,直接奔向燃得旺旺的炉子,说:"燃得这么旺,这炉子早就生着了吧?是谁生的炉子?"

"对呀,是谁那么早就来生炉子了?"

"我一进教室就觉得很暖和,原来是有人提前来生了炉子。"

"到底是谁生的炉子呢?"

……

小伙伴们七嘴八舌地议论着。

郭明义只管读书,没有说话。他在心里偷着乐。他想:雷锋做了好事都不留名,我肯定也不会告诉大家这炉子是我生的。

然而,一个小伙伴站起身来,指着郭明义,对大家说:"一定是郭明义生的炉子。"

大家都看着这个小伙伴,想听他的解释。这个小伙伴说:"今天郭明义来得最早,我是第二个进的教室,所以炉子肯定是他生的。"

"郭明义每天都在做好事。"

"我也猜到是郭明义做的,但是没有证据,哈哈!"

"现在教室里这么暖和,郭明义一定是起了个大早。这炉子里的火燃得这么旺,一定是生了好长时间了。"

……

小伙伴们都用赞扬和佩服的眼神看着郭明义,看得他很不好意思。

一个刚进教室的小伙伴走到郭明义的座位旁,一边搓手一边说:"郭明义,你太厉害了,竟然舍得这么早就从被窝里出来,还是为了给大家生炉子,我太佩服你了!"

当老师知道郭明义早起给大家生炉子的事情后,也当着全班同学的面表扬郭明义,这让郭明义感到很快乐。他在心里暗暗地说:"郭明义,你一定要坚持每天早起,给大家生炉子。"

从这天起,郭明义每天都很早起床,到教室里生炉子。隆冬时节,郭明义也有不想起床的时候,每当这时他便会对自己说:"我一个人怕冷,不提前去生炉子,全班同学都会跟着受冷。我早起去生炉子,冷的是我一个人,全班同学却暖和了。我受点冷又算什么呢?"

后来,郭明义不仅生自己班上的炉子,还会到弟弟妹妹的班里去生炉子,他要让更多的小伙伴在寒冷的冬天里感受到春天般的温暖。善于观察的郭明义只要发现教室里的柴火没有了,便会把家里的柴火背到学校里去。每当这时,老郭家的人都会赞同郭明义:"背去吧,大冬天的,教室里暖和比什么都重要。"

就这样,早起到教室里生炉子这件事,郭明义坚持了一年又一年,一直坚持到初三毕业。每当想要放弃的时候,郭明义便会想起雷锋,想起雷锋精神。他时常对自己说:"雷锋的道路就是我的人生选择,雷锋的境界就是我的人生追求。"郭明义这种一心要向雷锋靠拢,一心学习雷锋精神的劲头,给身边的小伙伴们树立了榜样,给身边的人带去了温暖。

我,决不造假

从小学到初中,郭明义都是班上的劳动委员。他热爱劳动,不管是不是自己的劳动任务,他都会抢着做,从来不计较会不会得到好处、得到表扬。有些特别累、特别脏的活儿,同学们都不愿意做,郭明义就一个人干,常常干得满头大汗。

"郭明义,你傻啊!"

"他就是傻。别人不干的活儿,他还抢着干。"

"什么活儿都抢着干,真傻!"

……

当大家说郭明义傻时,他并不反驳,只是嘿嘿笑着继续干活儿。

父亲和母亲听说学校里有人说郭明义傻,便问他:"别人说你傻,你生气吗?"

"不生气。"郭明义说,"只要能多做好事,傻就傻。"

郭明义这个"傻"人做的"傻"事可有一大箩筐。

郭明义上小学时,为了提高农业生产的产量,学校响应号召,开始动员老师和学生们捡粪。

刚开始的时候,大家都很兴奋,拿着夹子和粪筐,四处寻找狗粪、马粪、牛粪等。

"我不想捡粪了。"一个小伙伴对郭明义说。

"为什么呀?"郭明义问。

"太臭了,还很累。"小伙伴说。

"跟在地里干活儿比,捡粪可要轻松多了。"郭明义说。

"好多人都嫌脏嫌累不捡了,我也不捡了。"小伙伴说。

……

就这样,好多小伙伴都不愿意捡粪了。

那么,他们怎么完成规定的任务呢?有些"聪明"的小家伙想到了一个办法:到河里去挖河泥,用河泥"造粪"。河泥黑黑的、臭臭的，看起来跟粪差不多。

一天，郭明义路过河边的时候，见好几个小伙伴正在用河泥"造粪"。怎么个造法呢？他们把河泥捏成一小坨一小坨的，看起来很像粪。

一个小伙伴看见了郭明义，说："郭明义，我们这粪，跟你那粪比起来，到底哪个更像粪？"

郭明义一时答不上话来。

"哈哈哈！"在场的小伙伴都笑了。

"真傻，还一坨一坨地捡。"一个小伙伴说。

"对呀，像我们一样造，不是更快吗？"另一个小伙伴说。

"我还是自己捡吧。"郭明义说完，便离开河边，独自捡粪去了。

回到家里，郭明义把小伙伴们造假粪的事情给家里人讲了。奶奶问他："明义，你想不想跟他们学啊？"

"不！我，决不造假！"郭明义斩钉截铁地说。

"对！明义，做人要诚实。"父亲对郭明义说。

"他们用河泥作假是不对的。"母亲对郭明

义说。

"嗯,我会老老实实地捡粪的。"郭明义说。

捡粪虽然苦,还很臭,但并没有难倒郭明义,他仍然坚持天天捡粪。郭明义不仅诚实,还是一个擅长动脑子的聪明孩子。他会到有牛车、马车经过的道路上去捡粪,会到拴牲口的地方去捡粪,会到大狗小狗们聚集的地方去捡粪……就这样,郭明义捡到的粪越来越多。

一段时间后,郭明义捡的粪在院子里堆成了一座小山。

收粪的人得知郭明义从不像其他人一样造假粪,便来到了郭明义家。当他看到这堆成了小山的粪后,便跟奶奶商量价钱。

"这可是真正的粪啊。"奶奶说。

"掰开看过了,是真粪,是好粪。"收粪人说。

"这是我们明义走了很多路才一坨坨地捡回来的。"奶奶说。

"这堆粪,我出十五元,"收粪人说,"这肯定是今年的最高价了。"

十五元!在当时这可算是很大一笔钱了。周围的人知道后,都说郭明义捡粪发大财了。

就在收粪人想要拉走这些粪的时候,外出捡粪的郭明义回来了。他护着那些粪,哭喊着:"不能卖,不能卖!"

奶奶跟收粪人道了歉。收粪人感到很奇怪,但也只能遗憾地离开了郭明义家。

"为什么不能卖呀?"奶奶问郭明义。

"就是不能卖。"郭明义说。

"把粪捡回来不就是为了卖吗?不卖,难道堆在院子里闻味儿吗?"奶奶笑着问。

"我想把这些粪送给大队。"郭明义说。

奶奶明白了郭明义的心意。她说:"好孩子,我马上去队上,让他们找人来把粪拉走。"

就这样,郭明义又"犯傻",错过了一次捡粪致富的机会。然而,郭明义却没有后悔,他说:"队上把粪拉去,给地里施肥。庄稼长好了,收成增加了,就是我最大的快乐。"

走雷锋走过的路

郭明义在读初三那一年萌生了当兵的念头。

一开始,郭洪俊不太赞成儿子当兵。那时候,郭洪俊身患疾病,不能再做重体力活儿。再加上一家人都爱帮助别人,家庭经济比较困难,在这个时候,如果郭明义能参加工作,拿一份工资,就可以替父亲分忧,解决家庭困难。

"爸爸,我真的想当兵。"郭明义说。

面对儿子的一再央求,郭洪俊为难了。郭洪俊知道,儿子从小就想当兵,小时候最喜欢的玩具就是他的木头枪,如果问他最爱看什么电影,他一定会毫不犹豫地回答:"《英雄儿女》和《小兵张嘎》。"

"爸爸,您就让我去当兵吧。我觉得当兵才有出息。"郭明义说。

"为什么要当兵才有出息呀?"郭洪俊问儿子。

"到部队里能够更直接地感受到雷锋精神。"郭明义说。

"原来,你是想到部队里去锻炼,同时努力地向雷锋靠近。"郭洪俊说。

"是的,爸爸。我要走雷锋走过的路。"郭明义说。

听了儿子的话,郭洪俊也认为他的决定是正确的。郭洪俊找到了当时担任鞍山警备区副政委的余新元,给他讲了儿子想当兵的事情。要知道,当年就是余新元送雷锋去参军的。听了郭洪俊的讲述,余新元高兴地说:"老郭,你的儿子想当兵,这是件好事。部队就需要有志向的好孩子,我一定帮忙积极推荐。"

一九七六年十二月二十四日,马上满十八岁的郭明义收到了入伍通知书和一套崭新的军装。看着入伍通知书,抚摸着军装,郭明义流下了高兴的眼泪。他一边抹眼泪,一边对家里人说:"我的理想实现了！我被批准入伍了！我是一名光荣的人民解放军战士了！"

郭洪俊拍了拍郭明义的肩膀，说："明义，到了部队，要好好干，好好地学雷锋做好事，要给老郭家争光。"

"爸爸，我一定会的！"郭明义说。

盼啊盼，等啊等，终于等来了一九七七年一月十一日。

这一天，异常寒冷，异常特殊。这一天，郭明义和另外两百余名新兵战士将从鞍山火车站出发，到部队去锻炼。

这一天，郭明义作为新兵代表发了言。大家都听说过老郭家的事迹，知道老郭家的儿子郭明义是一个艰苦朴素、乐于助人、热爱学习的好孩子。鞍钢武装部和接兵的部队在进行全面考查的时候，都非常认可郭明义，说他是一个好苗子，所以安排他作为新兵代表发言。

"明义，你可要好好地准备发言稿啊！"在接到作为新兵代表发言的通知后，郭洪俊千叮咛万嘱咐。

"爸爸，我会好好准备的。我一定不会给老郭家丢脸！"郭明义说。

在那个特殊的年代，很多年轻人都没有学到什么知识，而郭明义却在父亲的大力支持和严格要求下，读了很多书，学到了很多知识。学以致用的时刻终于到来了。郭明义认真地写了发言稿，写好后还念给家人听。大家提了意见后，他又对发言稿进行了修改。经过几次修改后，大家都觉得这篇发言稿挺不错的了。

改好发言稿后，郭明义又开始背诵发言稿。家里人看他背得很辛苦，便劝他休息一会儿，他却笑着说："我现在必须认真准备，我一定要把新兵代表发言这件事情做好。"

一月十一日这一天，当主持人宣布新兵代表发言的时候，郭明义拿着稿子快步走上了讲台。在寒风中，郭明义没有一丝颤抖，没有一丝胆怯。他声音洪亮，发言时慷慨激昂。他竟然没有看一眼手中的稿子，便顺利地发完了言。

"这小伙子讲得真好啊！"

"这批年轻人都没能读多少书，他竟然可以讲得这么好!"

"他是齐大山的郭明义。"

"这个郭明义,可是出了名地勤奋好学、踏实肯干、热心助人。"

……

火车的汽笛声在纷纷飘落的雪花中响起。轰隆隆——轰隆隆——火车开动了。郭明义怀着无比激动与自豪的心情,朝新的生活奔去。

在得知自己会和新兵们坐火车去军营的时候,他就对自己说:"雷锋出差一千里,好事做了一火车。我也要向雷锋学习,在去军营的火车上多做好事。"

在车厢里,新兵们有的睡觉,有的聊天,有的玩扑克牌……郭明义却没有闲着,他时刻不忘学习雷锋精神。

"来,喝一杯热水,暖和一下。"

郭明义打来热水,一杯杯倒上,一杯杯递到新兵们的手中。新兵们喝着热水,在寒冬中感受到了春天般的温暖。看着大家快乐的神情,郭明义很高兴。他对自己说:"雷锋同志说:'对待同志要像春

中华先锋人物故事汇　郭明义

天般的温暖。'我一定要努力做到。"

"给我一把扫帚，我帮您打扫卫生。"

郭明义拿起扫帚，跟乘务员一起打扫起车厢里的卫生。

"这位新兵同志，你可真是勤快，地也扫得很干净。"乘务员表扬了郭明义。

郭明义嘿嘿一笑，红了脸。他打扫完了车厢，又开始收拾桌子上的垃圾。

"都累出汗了，休息一下吧。"一位乘务员对郭明义说。

"不累不累。"郭明义一边说，一边继续干活儿。

在郭明义的字典里，可没有"累"字。

火车开了一路，郭明义的好事也做了一路。在这一路上，郭明义对自己真正做到了高标准、严要求。在这一路上，有新兵问："你是在学雷锋做好事吧？"

"对啊，我就是要学雷锋。我就是要做雷锋做过的事，走雷锋走过的路。"郭明义笑着回答。

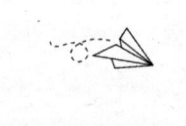

两百多担水

郭明义被分到了沈阳军区某连队。郭明义在参军前便了解过这个连的光荣历史：这个连队，是由原粟裕将军的警卫营改编而成，参加过上甘岭战役和丁字山战役，在珍宝岛自卫反击战中从冰河上拉上了坦克……这个连队，在战争年代被誉为"钢铁英雄连"，郭明义为自己身在这样的英雄连队而感到无比骄傲！

当天晚上，心潮澎湃的郭明义在日记本上写下了这样的话："我要努力学习，学好军事本领，为保卫祖国、建设祖国做出贡献。"

进入军营后，郭明义依然没有忘记要努力学习。他每天都认真地学习《毛泽东选集》《雷锋的故事》等，写心得体会，写思想汇报。指导员在看了郭明义交来的三十多份思想汇报后，对他说："追求进步要学起来，写下来，更要干出来。"听了指导员的话，郭明义下定决心，要更加努力地向雷锋学习，新兵训练成绩要优秀，训练之余，要全心全意地为大家服务。

郭明义是从城郊来的，体力上肯定不如从农村来的士兵，但是，在训练中，他从不喊苦喊累。

"郭明义，我们都累得不行了，你却从不喊累，你是铁打的吗？"一个从城里来的战友问道。

"我的身体不是铁打的，但我的精神可以是铁打的。"郭明义笑着说。

其实，郭明义的身体和精神都是"铁打"的。训练之余，大家都休息了，他却还要去找事情做。重活儿、脏活儿他都抢着做。

在所有可以帮着做的事情中，郭明义挑了一件最重的活儿——为连队的炊事班挑水。

为什么说给炊事班挑水是最重的活儿呢？

那时候，连队的生活非常艰苦，没有暖气，没有自来水，战士们要用水，都得到两百米外的大井里去挑。也许大家会说:"到两百米外的大井里去挑水,也不远啊,怎么算得上是最重的活儿呢?"

先说说挑水这件事对郭明义来说有多难吧。郭明义生活在城郊,平时在家没什么机会挑水,而挑水是十分讲技巧的:在挑着水行走时,要特别注意保持平衡,不然人一边走,桶里的水便会一边漾出来。郭明义刚开始挑水时,因为把握不好平衡,人一边走,水一边漾出来。等他把一担水挑到水缸的时候,就只剩下半担了。

郭明义从小就是个做事认真,不轻易言弃的人。他一次次地练习,哪怕最后只剩下半担水,也还是乐呵呵的。

"郭明义,跑这么一趟,就剩下半担水,太不合算了,还是别去挑了吧。"有人这样对他说。

"一趟剩半担,两趟就是一担,有什么不合算的呢?我觉得挺好的。"郭明义笑着说。

对铆足了劲要做好事的郭明义来说,挑一担水的确算不上什么难事,只要掌握好了平衡就行,可是,困难不止这一个。

这段时间正值严冬,先不说天不见亮就起床有多辛苦,单是挑着水迎着寒风走在这段会打滑的山路上,便是很多人想都不敢想的事。那可是零下三十多度啊!路面结冰,脚底打滑,从桶里漾出来的水洒在裤子上、鞋上,马上就结了冰。等郭明义把水挑进营房的时候,他简直就成了一个穿着冰裤冰鞋的人。

"郭明义,你冷不冷啊?"有战友问道。

"不冷不冷,心里热乎着呢。"郭明义说。

"郭明义,你又摔倒了吧?脸上都擦伤了。"有战友说。

"我结实,不怕摔。"郭明义笑着说,"只要没把桶摔坏就行。"

"郭明义,你就是一尊行走的冰雕。"有战友说。

"嘿嘿,我有那么好看吗?"郭明义笑着回答。

……

郭明义每天早晨、中午都要为连队的炊事班挑几担水。他把为炊事班挑水当成新兵训练任务,保证每天必须完成。

"郭明义,天太冷了,你歇几天吧。"指导员

两百多担水

对郭明义说。

"天越冷,战友们就越需要热水,炊事班就越需要得到帮助。"郭明义说。

郭明义把水挑回来后,也并不会歇着。眼见着水缸里的水满了,他又开始砍柴,生炉子,烧水。

郭明义用自己的勤劳让战友们起床后都能用上热水了。

"郭明义,谢谢你给我们大家带来了温暖!"战友说。

"不用谢,我自己也要用热水呀。"郭明义轻描淡写地说。

在郭明义看来,在严寒中早起,挑水,砍柴,生炉子,烧水,都是极为寻常的小事,不值得大家这样夸赞。

然而,这个整天找机会做好事的郭明义,这个整天连轴转不知道累的郭明义,也有疏忽的时候。这个疏忽,让他产生了深深的内疚。

这一天,原本轮到郭明义站岗。然而,白天努力寻找机会做好事的郭明义,却睡得很沉,错过了站岗的时间。郭明义醒来后,突然想起该自己站岗，可是，已经错过换岗的时间了。当他知道是排长替他站了岗后，内疚极了。

"排长，我……"郭明义感到很不好意思。他觉得自己失职了。

"郭明义，你干了太多的活儿，太累了。我看你睡得很香，没忍心叫醒你。"排长说，"你是一名好战士！"

那一刻，郭明义的内心充满了对部队的热爱，同时也增添了一分内疚。

就在郭明义进入军营的这个冬天，他每天坚持走过结冰的路面去挑水，总共挑了两百多担水，最大限度地保障了战士们的用水。

"郭明义，你又不是党员，这么干到底图啥？就为了入党吗？"有人这样问他。

"入党是为了多干点工作，干工作可不是为了入党。"郭明义是这样回答的。

郭明义就是这样一个人，不管做什么好事，他从没想过要图什么。他就是凭着满腔的热血，做着他认为该做的事情。不管别人怎么说，他都义无反顾，勇往直前。

进了炊事班

新兵训练结束后,在各项考核中,郭明义都取得了优异的成绩。

"郭明义平时那么爱做好事,却一点儿也没有耽搁训练。"有人说。

是的,郭明义做好事拼命,在新兵训练中同样拼命。为了把枪端得稳稳当当的,郭明义每天都在枪管上吊砖头,然后举枪练习。练习的时间长了,郭明义便能把枪端得稳稳当当的了。然而,这样的练习,却让郭明义的胳膊肿了起来。不过,郭明义并不觉得苦,他说:"只要能练出过硬的本领,再苦再累,我都不怕。"

郭明义以优异的成绩结束新兵训练后,被分配到了汽训队。经过一段时间的培训，郭明义又以优异的成绩被分配到了汽车连。郭明义非常开心，他以为以后就可以像雷锋一样，当一名优秀的汽车兵了。可是，令郭明义没有想到的是，领导找他谈话，要把他分配到连队的炊事班去。

"郭明义，我们打算把你分配到炊事班去，你愿意吗？"领导对郭明义说。

听到这句话，郭明义心里微微一震。但郭明义一向是个服从安排的人，他一直信奉"干一行，爱一行，钻一行，精一行"的准则，所以，他对领导说："没问题！服从领导安排！"很快，他便收拾好自己的东西，到炊事班报到了。

到了炊事班，班长对郭明义说，连队里都是把优秀的新兵挑选到炊事班，因为炊事班对整个连队来说很重要。

"明义，现在国家还很困难，给我们的伙食补贴也不高，"班长说，"只有把责任心强的战士放到炊事班，才能把伙食搞好，大家才不会饿肚子。"

听了班长的话，郭明义的内心又升起了自豪感。他对班长说："放心吧，班长，我一定会把大家的伙食搞好。在炊事班，我一样会好好地锻炼自己的能力。"

到师里学习烹饪技术的时候，郭明义学得非常认真。

"郭明义，你没能当上汽车兵，却还能乐呵呵地学习做饭菜，这是为什么呀？"有人问郭明义。

郭明义笑着说："学开车是学，学做饭菜也是学，都是学本事，我为什么不好好学呢？"

郭明义的话，也是对"干一行，爱一行，钻一行，精一行"的诠释。

部队的训练虽然很辛苦，但因为粮食短缺，需要粗粮和细粮搭配，大家每天早上吃的都是玉米楂子粥。

玉米楂子粥不好吃，吃了后还不容易消化。胃不好的士兵吃了玉米楂子粥后会犯胃病。

为了把玉米楂子粥熬好，让大家都能吃好早饭，郭明义想起了远在家乡的巧手的母亲。那个年代，大家都缺钱少粮。老郭一家乐善好施，所以经常靠吃玉米楂子粥过日子。心灵手巧的叶景兰，总是变着花样，用不多的粮食做出不同的口味，让一家人吃得开心。

于是,郭明义决定给母亲写封信,请她讲讲怎样才能把玉米楂子粥做好。他在信里写道:

> 我很喜欢炊事班的工作,在这里,同样可以让自己得到锻炼。我们每天早上都要吃又硬又难消化的玉米楂子粥。当年您是怎样把这种粥做得又软又好吃的呢?儿子希望得到您做好玉米楂子粥的诀窍……

很快,郭明义就收到了母亲的回信。他开始照着母亲在信里提到的方法,给大家做玉米楂子粥。

要把玉米楂子粥做好,除了有经验,还需要花费大量的时间。先得用清水把玉米楂子泡软,然后长时间熬煮。为了把粥做好,郭明义每天都早早地起床。当大家都还在梦乡的时候,他便已经开始熬粥了。

郭明义每天都半夜起床,并不仅仅是熬粥这一件事,他还挑水、砍柴、烧水、洗菜等,把炊事班该做的事情都提前做了。等别的炊事员起床的时候,他已经把一切都准备好了。

郭明义熬的玉米糙子粥让大家纷纷称赞:

"从来没有吃到过这么好吃的玉米糙子粥呢。"

"真是又软又糯。"

"本来是粗粮熬的粥,却吃出了细粮的口感来。"

"郭明义真是干一行,钻一行,行行都能做好。"

……

听到大家的夸奖,郭明义的心里比喝了蜜还甜。他对自己说:"不要骄傲,继续做出好吃的饭菜,让汽车兵们吃好了饭,带着好心情,每天都平平安安地出车,平平安安地归队。"

郭明义不仅把玉米糙子粥熬出了米粥的口感,还把其他日常饭菜也做出了新花样。每到开饭的时候,大家都会眼前一亮:

"真香啊!"

"又是新的吃法,味道也好极了!"

"天天换花样,真让人胃口大开。"

……

郭明义把伙食搞得好的消息，很快就传到了别的连队。别的连队都羡慕起了汽车连，他们说："要是我们也有像郭明义这样的炊事员就好了。"

郭明义不仅是一个勤劳的爱动脑筋的人，还是一个心细的人。在汽车连里，每天都有出车晚归的战友，郭明义会给他们留饭。他说："可不能让他们辛苦了一天，回来还吃不上饭。"

在冬夜里，大家都在温暖的被窝里熟睡的时候，郭明义只要听到汽车声，便会起床给半夜回来的战友热饭菜。

"明义，天这么冷，你还起来给我热饭菜，真是太感谢你了！"战友一边吃饭一边说。

"不用谢！这是我的工作，我应该做好。"郭明义说。

成了小猪倌

因为全心全意当好了炊事员,一年后,郭明义如愿成了一名汽车兵。

啊,我终于可以像雷锋一样学习开车了。郭明义开心地想着。

可是,就在郭明义没日没夜地学习驾驶技术的时候,令他意想不到的事情发生了:连队领导派他到养猪场兼职养猪。

当时,每名士兵都会被安排兼职做别的事情,而郭明义一向是个服从安排的人。他"干一行,爱一行,钻一行,精一行",不管做什么工作,他都会尽全力做好,同时抓住一切机会学雷锋做好事,所以,他肯定不会介意兼职去做其他事。然而,他从来没想到自己会成为一名小猪倌。

这一次,郭明义的内心的确有点不痛快,他想:我就想做一名汽车兵,好好地开车,再苦再累都不怕。可是,安排我去养猪场养猪……

听说领导安排郭明义去养猪,有战友笑着说:"郭明义,你不会真的要答应吧?"

"领导安排了,我肯定去。"郭明义说。

"郭明义,安排你养猪,你也去呀?你真傻。"有战友说,"你去养猪的话,你开车的技术可就要荒废了。"

大家都以为郭明义会去找领导,把养猪的差事推脱掉,哪知郭明义接受了任务,真的开始养猪了。

"郭明义,当炊事员和养猪,你更爱做哪个?"有人问郭明义。

这一回,郭明义没有回答,只是微微一笑,然后继续埋头做事。

郭明义嘴上虽然没有说什么,但做起事情来却不如以往那样总有使不完的劲了。以前的他,每当做完手上的事情后,总是顾不上休息,便又开始做下一件事情。他总是瞅准机会帮助别人，抢别人手里的活儿来干。而现在，郭明义在做完一件事情后，便会坐下来，想一会儿心事，再起身去做其他事情。他脸上的笑容也比以前少了，偶尔还会皱起眉头。

一向非常了解郭明义的指导员看出他有情绪，便来到他养猪的地方，跟他谈话。

"小郭同志，养猪累不累？"指导员问。

"干活儿倒是不累。"郭明义说，"跟新兵训练相比，轻松多了。"

"但我感觉你干得不是那么开心啊。"指导员说。

都说到这份儿上了，郭明义便跟指导员说了心里话："报告指导员，我是担心会影响我学习开车。"

症结找到了。指导员跟郭明义讲了连队养猪的重要性。养猪虽然是件不起眼的事情，甚至是大家都看不起的兼职，但猪却是连队的宝贝。在那个艰苦的年代，想要改善大家的伙食，可全靠猪啊！逢年过节，杀一头猪，大家会高兴好多天，因为有肉吃了，菜里也有油水了。猪养好了，养肥了，大家就能多吃一些肉。如果猪没养好，大家改善伙食的希望就会落空。

"小郭，对连队来说，养猪这件事很重要，所以，我们要选一个既能干也愿意干的人来养猪，这样我们才能放心啊。"指导员说。

郭明义想了想，问："指导员，当个小猪倌，能有出息吗？"

指导员没有正面回答郭明义的问题，他开始跟郭明义谈雷锋精神。

"小郭同志，我知道你一直都很崇拜雷锋同志，那你说说看，你觉得雷锋精神有哪些是值得你学习的？"指导员问郭明义。

郭明义一有空就读《雷锋的故事》，不管什么时候，只要有谁跟他说起雷锋，他就非常振奋。

"雷锋精神中有许多地方都很值得我学习啊，比如'傻子'精神和钉子精神，等等。"郭明义说。

"你说得很好。"指导员说，"你刚才问我，当个小猪倌能有出息吗？我现在就告诉你吧，当好小猪倌，就是践行了雷锋精神中的钉子精神。"

郭明义仔细地分析着指导员所说的话。是啊，在连队里，不管是当汽车兵，当炊事员，还是当猪倌，都一样重要。自己要像一颗钉子一样，守好自己的岗位，完成自己的职责。

郭明义终于释怀了，他对指导员说："请指导员放心，我会好好工作。我相信，小猪倌也有大出息。"

事实证明，郭明义不仅是优秀的炊事员，还是一名优秀的小猪倌。

为了把猪养好，郭明义不仅到附近的老乡家里学习怎样养猪，还写信给亲朋好友，向他们请教养猪的方法。

郭明义认为，要想让猪长得快，猪舍一定要干净。猪心情好了，就会使劲吃，使劲长。所以，他一有空就打扫猪舍。他还会提水给猪洗澡，让猪舒舒服服地睡个好觉。当他发现猪身上有虱子的时候，他还会耐心地给猪捉虱子。

当了一段时间的小猪倌后，细心的郭明义知道了猪最爱吃的草是哪些，于是就开始刻意寻找那几种草，甚至到两三公里外的地方去寻找这样的草。他说："只要猪爱吃，我就不怕路远。"

对此，战友们开起了玩笑：

"郭明义把猪舍打扫得干干净净的，我们搬进去住都不会嫌脏。"

"郭明义那么喜欢猪，等杀了猪，他会不会舍不得吃猪肉了啊？"

……

听了战友们的玩笑，郭明义只是憨厚地笑着，并不说话。

母猪生产时，为了不让母猪压到小猪崽，郭明义整夜整夜地不睡觉，守在猪舍里，直到小猪崽们一只只顺利出生。有战友问："郭明义，你一下子有了这么多'儿女'，开不开心呀？"

"开心，很开心！"郭明义乐得合不拢嘴，真像有了一群儿女一样。

为了让母猪有足够的奶，郭明义像以前在炊事班一样，总是半夜起床给母猪熬高粱米粥。有一只小猪崽不会吃奶，郭明义就把手指头放进它的嘴里让它吮吸，用这种办法让它学习吃奶。

成了小猪倌

经郭明义的手养出来的猪，真是前所未有地肥壮。郭明义不仅得到了领导和战友们的夸奖，就连当地的老百姓也说："真没见过这样当兵的，养起猪来也这么用心。"

郭明义就是这样践行着雷锋的钉子精神，在平凡的岗位上干出了不平凡的成绩。

拼命学技术

在学习驾驶技术的那些日子里,郭明义简直可以用"拼命"来形容。

郭明义一心想学好汽车驾驶技术,每次上课,他都是早早地来到现场,端端正正地坐着,等待上课。课堂上,郭明义在认真听讲的同时,还会飞快地记着笔记。战友们总是羡慕地对他说:"郭明义,你真能干,能写这么多字。"这时候,他才真正懂得了当年父亲对他说过的话:"不管社会上刮什么风,文化课说啥也不能丢。你一定要做个有学问的人。"之前所学的知识,现在都派上了用场。郭明义说:"当年如果没听父亲的话,就不会认真习字,认真看书,认真学知识,现在在学习汽车知识的时候,就不可能领悟得这么快、这么深。"

郭明义所记的笔记,被战友们抢着传阅。虽然许多战友都识字不多,但他们能看出来,郭明义的字迹非常工整。

"郭明义,你的字写得真好!"一个战友十分羡慕地说。

"还不算好,我还要努力。"郭明义谦虚地说。

"郭明义,我也想记笔记,但很多字都是能认不能写。"一个战友说。

"我可以把我的笔记借给你看。"郭明义说。

"郭明义,有些知识点我没听懂,你能给我讲讲吗?"一个战友问。

"我也有不懂的地方,我们一起研究吧。"郭明义说。

是的,郭明义也有不懂的地方,但他一向是个勤学好问的人,只要遇到难题,便会向身边的人请教。

有一次,郭明义一边走路一边看笔记,看得十分认真。看着看着,他觉得有不懂的地方,正好有个人迎面走来,他逮住那人就问:"你帮我看看,这个地方我没懂……"

"哈哈哈！小伙子，你是学知识学得着魔了吧？"那人说。

郭明义抬头一看，原来那人根本不是军营里的战友，而是一位路过的老乡。

还有一次，郭明义在食堂吃饭的时候，也是捧着一本跟汽车有关的书，边吃边看，看到疑惑的地方，便盯着书上的图问一旁的战友："你给我讲讲这个地方吧，这个原理我没弄懂。"

没听见战友的回答，郭明义又问了一遍："你给我讲讲这个地方吧，这个原理我没弄懂。"

郭明义一连问了三遍，都没有人回答他。

他把眼睛从书本上移开，扭头一看，刚才还坐在一旁吃饭的战友，不知道什么时候已经离开座位了。郭明义太专注了，身旁的战友什么时候走了他都不知道。

郭明义的拼命，不仅表现在白天，更表现在晚上熄灯后。

军营里有很严格的作息纪律，晚上熄灯后，大家便要安静地休息，不能亮灯，不能嬉闹。

每当夜深人静时,郭明义总会用手指在肚子上画汽车的油路图、电路图等。说起汽车的构造,郭明义总是能一口气讲完。他对汽车内部结构的熟悉程度,就像对家乡矿山周边的大路小路的熟悉程度一样,没有哪一处是陌生的。

画了几遍后,郭明义便会把头缩进被窝里,打着手电筒,开始看专业书,以及白天记的学习笔记。被窝里很黑,手电筒的光格外刺眼,郭明义艰难地忍受着,直到眼睛被刺得受不了了,才会关了手电筒睡觉。郭明义并没有因为晚上学习到很晚而误了第二天的早起训练。他总是起得比别的战友早,白天学习、训练时也总是精神抖擞。

然而,郭明义的小秘密很快就被指导员发现了。

一天晚上,指导员来查营房。他走到郭明义的床前时,发现郭明义把头蒙进了被子里,便伸手把郭明义的被子掀开。他是希望郭明义睡觉时能呼吸到新鲜空气。哪知,在掀开被子的那一刻,指导员惊呆了:郭明义一手拿着手电筒,一手在书上比画着,是那样认真。

指导员把郭明义叫到了营房外。

"小郭，白天训练很累，晚上要好好休息才对啊。"

"指导员，我不累。我就想多学一点儿，学扎实一点儿。"郭明义说。

"你也太拼命了。"指导员说，"部队有部队的纪律，你熄灯后不好好睡觉，也是违反了纪律。晚上没有休息好，就会影响白天的学习和训练。"

在汽训队，每周都有车场日。什么叫车场日呢？就是汽训队检查和保养车辆，维护车场设施，整理车场内务，进行专业学习的例行时间。每到车场日，郭明义都会来到保养班，与那里的士兵们一起认真地对车辆进行检查和保养。

"你是保养班的吗？"有士兵问郭明义。

"我不是保养班的。我是新兵。"郭明义说。

"还是新兵呀？你经常参与车辆的检查和保养，我还以为你是保养班的呢。"士兵说。

为什么每周的车场日郭明义都在呢？郭明义平时都是在书本上学汽车知识，用笔画汽车油路图和电路图，而在检查和保养车辆的时候，便能将理论与实践结合，能解开平时的疑惑。郭明义总是一边干活儿，一边向身边熟悉车辆的老兵请教相关的知识。面对这样一个勤学好问的新兵，大家都愿意为他答疑解惑。

功夫不负有心人。经过刻苦钻研，郭明义不仅可以画出汽车内部的构造图和电路图，还能通过听声音来判断汽车哪里出了问题。在全师的新训驾驶员技术业务竞赛中，郭明义获得了专业理论和实际考试的双料冠军。

"郭明义，给我们说说你拿冠军的诀窍吧。"有战友说。

"只要用心钻，铆劲儿干，什么事情都能做好。"郭明义的回答，就是这么简单。

没事,没事

在部队的那些年,郭明义总是默默地无私奉献着。在需要他迎难而上时,他总是说:"没问题!"在帮助别人、为集体奉献时,就算自己再苦再累,甚至自己的利益受损,他也总是说:"没事,没事。"

夏天,为了让出车晚归的战友正常洗澡,郭明义会一大早就把连队所有的大缸都打满水,晒上一天,这样,晚归的战友们就都可以洗上热水澡了。有人说:"郭明义,你这样太辛苦了。"郭明义却说:"没事,没事。"

冬天,他总是早早地起床,把连队的院落打扫得干干净净。有人担心他早起会很冷,他却总是说:"没事,没事。"

战友身体不舒服时,郭明义总是第一个站出来替战友站岗。当有人跟他说"辛苦了"的时候,他总是说:"没事,没事。"

为了帮助他人,郭明义甚至被冻坏了一只耳朵。

那年冬天,郭明义在驾车运送物资的路上,看见一个战友站在雪地里,身旁停着一辆车。那个战友看起来非常着急。郭明义停了车,问道:"是车坏了吗?"

那可是零下四十多摄氏度的天气,如果不是车坏了,谁会把车停在野外,就这么站在雪地里呀。

"是呀,车坏了。"那位战友说,"我在这里等了好一会儿了。我想等到路过的会修车的司机。"

"是哪里坏了呀?"郭明义一边说,一边从驾驶室跳了下来。"是横拉杆脱落了,我不会修。"战友说,"你能帮我修一修吗?"

"没问题!"郭明义肯定地说,"你不要着急,我一定能帮你修好。"

这位战友肯定不知道,出现在他身旁的郭明

义，不仅爱做好事，还对汽车非常了解，好多故障他都能修。

郭明义从自己的车上拿了扳手和螺丝刀等工具，准备修车。

"用我的棉衣垫一垫吧，不能把你的棉衣给弄脏了。"那位战友说完，准备脱自己身上的棉衣。

"不用垫，"郭明义说，"你别脱棉衣，冷！"

郭明义不由分说地直接躺在了车底下，开始修理汽车横拉杆。修了一会儿后，郭明义觉得帽子挡了他的视线，便把帽子给摘掉了。

"你怎么把帽子摘了？冷啊！"那位战友捡起帽子，准备给郭明义戴上。

"不戴了。戴着挡视线，不方便。"郭明义坚持不戴帽子，他想要尽快把车修好。

这可是零下四十多摄氏度啊！一阵寒风刮来，像刀割一样。郭明义疼得紧紧咬住牙。他在心里告诉自己："坚持住！"

就这样，郭明义躺在雪地上，忍受着刀割般的寒风，修了四十多分钟才把车修好。这时候，他已经被冻僵了，没办法从汽车底下爬出来。战友着急

中华先锋人物故事汇　郭明义

地把他从汽车底下拖出来,不停地给他搓手,捂脸,想让他赶紧暖和起来。郭明义浑身发抖,好长时间才缓过来。

"好点没有?还能开车吗?"那位战友关切地问郭明义。

"好多了,就是耳朵疼。"郭明义说。

"让你受寒了!"战友说。

"没事,没事!"郭明义说。

后来,经过医生检查,郭明义的一只耳朵的确是被冻伤了。这只耳朵的听力一直没有恢复,听声音的时候总是不够清晰。一到冬天,他的耳朵还会红肿,非常难受。然而,郭明义却从来没有埋怨过一个字。

为战友修车时,郭明义不让战友脱下棉衣,是担心把别人的棉衣弄脏了,而在后来发生的一件事中,郭明义却把自己的棉衣往车轮底下塞。同样是棉衣,别人的棉衣值得珍惜,自己的棉衣却可以随时奉献出去。

那也是一个寒冷的冬天,郭明义完成了运送物资的任务,开着车往部队营地赶的时候,看见一辆自己连队的车停在路边。连队的战友正焦急地东张西望。

"嘿,你是在等人,还是车坏了?"郭明义问战友。

"前轮陷进雪里了。"战友指了指前车轮,对郭明义说。

郭明义仔细一看,的确,是前车轮陷进雪里了。在这一带开车的驾驶员都知道,一到冬天,路上便会覆上厚厚的积雪。积雪下面是异常滑的冰,一旦车轮陷进雪里,车就很难开出来。

"这可怎么办?我还有运输任务没有完成呢。这么重的汽车,抬也抬不起来呀。"战友非常着急。

"不要着急,我们一起想办法。"郭明义安慰着战友。

郭明义不仅是一个热心做好事的人,还是一个爱动脑筋的人。他见四下里没有可以垫车轮的东西,情急之下,便脱下了自己的棉衣,往车轮底下塞。

"哎呀!可不能这样。脱了棉衣,你会冻坏

的。"战友上前阻止。

"不会不会,就这么一小会儿,冻不坏,我身体好着呢。"郭明义说。

战友爬上了车,开始发动车辆。在郭明义的指挥下,前车轮碾过棉衣,车终于从雪里开了出来。

这时候,郭明义已经在寒风中冻得瑟瑟发抖了,当他和战友一起去捡棉衣的时候才发现,他的棉衣已经被碾得不成样子了。

"哎呀,真是对不起!这大冬天的,把你的棉衣给碾破了……"战友觉得很对不起郭明义。

"没事,没事。"郭明义摆摆手说,"你赶紧去执行任务吧!不要把工作给耽误了!"

平常一分钱也舍不得浪费的郭明义,为了帮助他人,竟然连过冬的棉衣也舍得奉献出去。他说:"只要连队有需要,部队有需要,我就要冲在最前方,把自己能给予的东西都奉献出去。"

一九八〇年六月二十日,郭明义光荣地加入了中国共产党。在面向党旗宣誓的时候,郭明义泪流满面地说:"我入党,不仅是为了一个党员身份,还是为了让党的精华融入我的血脉。"

在部队服役的五年里，郭明义获得了七次嘉奖，被评为全师"学雷锋标兵"、全师"优秀共青团员"、全师"后勤工作积极分子"等。这所有的荣誉，都与郭明义过硬的技术和无私的奉献精神分不开。

一九八二年，郭明义退伍。在他退伍的时候，连长蔺传芳对郭明义说："小郭，你是认真学习过雷锋精神的人。在部队上，你奉行钉子精神。我希望你复员后仍能坚守这种精神。不管到哪里，你这颗钉子都能起到相应的作用。你是党员，又是咱们连的学雷锋标兵，回到地方后一定不能给部队丢脸。"

"请连长放心！"郭明义说，"我到地方工作后，一定会继续向雷锋同志学习，一定像在部队一样，对自己高标准、严要求，做就做到最好。"

每天背,每天背

郭明义从部队复员后,回到了鞍钢集团矿业公司齐大山铁矿上班。组织上考虑到郭明义在部队是汽车兵,驾驶技术娴熟,修车技术也过硬,便把他安排到了一个非常重要的岗位上,让他做了汽运车间的一名大型生产汽车司机。

和在部队一样,郭明义继续发扬钉子精神:和雷锋一样,不管"钉"在哪里,都是"干一行,爱一行,钻一行,精一行"。大型生产汽车是用来运送矿石的,载重二十吨。郭明义驾驶的这条线被称作"矿山的生命线"。能驾驶着这样的矿车运送矿石,让郭明义感到十分自豪。和在部队相比,这里的矿车载重量大,路全是崎岖的山路,驾驶难度比在部队大了许多。吃苦耐劳的郭明义，努力熟悉矿区的工作流程，努力适应矿区的路况，每天都是满负荷工作，"敬业"和"奉献"在他身上更体现得淋漓尽致。出乎意料的是，年终统计工作量的时候，郭明义提前十六天完成了全年的生产计划，拿下了全矿单车生产最高纪录。

"真没想到啊，拿下全矿单车生产最高纪录的，竟然是一个新职工。"有人说。

"人家多拼命啊！每天都是加班加点地干，从来没有喊过累。"另一个人说。

复员后，郭明义不仅在工作上十分拼命，在学习上也很努力。他深刻地意识到了通过学习提升自己的重要性，抓紧一切时间、一切机会进修学习。

机会来了。一九八四年，劳动人事部组织了一次全国统一录用干部考试，考试的难度和录取率都跟考大学差不多，考上了就可以成为正式的国家干部。"文革"期间，许多人都耽搁了学业，他们都对这样的考试望而却步。一向敢于拼搏的郭明义却出人意料地报了名。

单位的领导都非常支持郭明义的决定。在他们看来，这个工作努力、勇于奉献的年轻人，如果通过考试，被录用为正式的国家干部，一定能更好地为单位争光。

"明义啊，'文革'期间你没有放弃读书，在部队里也每天都在学习，现在到了关键时刻，更是要努力。"郭洪俊对儿子说，"有知识了，工作才能干得更好。考试通过了，还能给老郭家争光。"

为了通过这个考试，郭明义报名上了夜校。夜校离郭明义家往返有二十多公里。每天下班后，他就抓紧时间骑自行车到市里上夜校。

在往返夜校的途中，郭明义时常因为天黑看不清路而摔跤。一个下着雨的夜晚，郭明义在骑车返回的路上，一边骑车一边背书本上的知识，没看到前面有一块大石头，结果一不留神，摔了个四脚朝天。

郭明义站起身来，才发现膝盖磕破了，手掌磨破了，嘴角出血了，衣服上全是泥……郭明义忍着痛，推着自行车慢慢前行，这个时候，他还是没有忘记要背的知识点，他一边走，一边背着……

功夫不负有心人，郭明义顺利通过了考试，成了国家正式干部。

"郭明义，你也没有正儿八经地读过几天书，是怎么考上的呀？"有人问郭明义。

"每天背，每天背……坚持就是胜利。"郭明义的回答很简单。

郭明义成了正式干部后，他所带领的鞍钢集团矿业公司齐大山铁矿汽运车间团支部的青年们个个朝气蓬勃，工作积极认真。这支队伍被郭明义带成了全矿区的标杆。组织为了更好地培养郭明义，安排他参加成人高考，希望他能成为一名大学生。

在考试前，郭明义抓紧一切业余时间努力学习，依旧是每天做题，每天背……每天做题，每天背……

一九八五年十二月，郭明义顺利通过成人高考，被市委党校大专班录取，脱产学习了两年。郭明义圆了大学梦。

"郭明义，你是怎么考上大学的呀？"有人问。

"每天背，每天背……"郭明义笑着回答。

在市委党校里,郭明义算是这群学生中的老大哥了。但是,他并没有因此感到不好意思。他经常说:"我年龄大,理应起带头作用。跟同学们相比,我文化底子薄了点,但我会努力赶上。"于是,在日常学习生活中,郭明义就像在部队一样,每天早早地起床,先是把教室打扫得干干净净,然后才坐下来认真学习。

在一次英语测试中,郭明义竟然考了全班第一。

"没想到郭明义竟然是我们当中英语成绩最好的那个。"一个同学说。

"郭明义,把你的经验跟我们分享一下吧。"另一个同学说。

郭明义从来都不是一个自私的人,他把自己这些年积累的学习英语的经验,一一讲给同学们听,这让大家受益匪浅。

两年后,郭明义以优异的成绩,向国家、向单位递交了一张满意的答卷。

从党校毕业后,郭明义被调入了齐大山铁矿党委宣传部,成了一名理论教育干事。在这期间,他积极工作，除了写教案，写理论文章，写新闻稿，还写文学作品，陆续在报刊上发表了一百多篇文章。郭明义成了齐大山铁矿的作家。

成了矿上的作家后，郭明义还是没有忘记"每天背，每天背"，他从来没有间断过学习。

一九九一年二月，郭明义参加统计员全国统考，以高分成绩通过，取得了统计员资质。这可是齐大山铁矿第一个有统计员证书的人。

这个爱学习的人，这个"干一行，爱一行，钻一行，精一行"的人，从来没有停止过前行的脚步。不管把他放到哪个岗位上，他都是一颗钉子，都会紧紧地钉在岗位上，做出一番成绩来。

一九九二年，鞍钢齐大山铁矿采选扩建工程开工。因为要引进当时世界上最先进的载重量为一百五十四吨的生产汽车——矿用电动轮汽车，需要外方技术人员指导现场组装，所以矿里迫切需要能与外方技术人员沟通的翻译。矿上在选出了三名英语专业毕业的大学生后，决定再从基层选择一名懂矿山、懂机械、会操作、懂英语的人，一起参加英语强化班的学习。可是，选谁最合适呢?

当矿长正在为选谁而头疼的时候,正巧郭明义的国家统计员证书发下来了。证书上有许多英文。矿长对郭明义说:"郭明义,你这证书上写的是啥?念念。"

令矿长意想不到的是,郭明义竟然十分流利地把证书上的英文念了一遍。

"这人,生活中是'傻子',工作上是'傻子',没想到在学习上也是'傻子'。"矿长满意地说,"有他这股子'傻劲儿',还有什么是成不了的?"

就这样,郭明义跟另外三名英语专业的大学生一起进入了英语强化班。

在英语强化班里,郭明义给自己规定,每天必须记住三十个单词。他把要记的单词写在手臂上,写在笔记本上,写在墙壁上……不管是走路、吃饭的时候,还是洗头、洗澡的时候,他都在背单词。为了练就一口流利的英语,郭明义用自己原本想为妻子买戒指的钱,买了当时的奢侈品——一台录音机和英语磁带。就这样,郭明义每天不断地背英语单词,不断地听英语,不断地跟着录音机说英语……一逮着机会，他就跟别人用英语对话。

郭明义还自费报了辽宁大学的英语夜校。他总是挤出时间来，去夜校学习英语。

就这样，日积月累，郭明义的英语水平突飞猛进。

从英语强化班结业后，郭明义被调到扩建工程指挥部办公室担任现场翻译和资料翻译。在这期间，他发现在汽车行业里有许多生涩的专业术语，自己的英语水平根本没办法准确翻译，工作难以进行。于是，郭明义又开始查找资料，把那些专业术语记下来，写在小本子上随身携带，还会贴在办公桌上，贴在家里的墙上，这样，他随时都可以背这些单词。

每当郭明义用流利的英语跟外方技术人员交流的时候，总有人问他："郭明义，这么不好理解的专业术语，你是怎么翻译出来的？难不成你有什么窍门？"

"学英语哪有什么窍门，全要靠自己去背。当初被调到这里做翻译时，我怕自己达不到专业水平的要求,就把需要用到的专业名词全部抄下来了。每天背,每天背,背得熟练了,自然能第一时间反应过来了。"郭明义说。

每天背,每天背,这便是郭明义的诀窍。

心里装着集体和国家

在工作上,郭明义跟外方工程技术人员接触非常多。他严谨认真的工作态度得到了对方的高度赞扬。郭明义不仅会在工作上帮助外方人员,还会在生活中照顾他们,让他们在这里工作时没有后顾之忧。

外国人有付小费的习惯,每当郭明义帮助了外方技术人员后,他们都会拿出几美元甚至是十几美元,想塞给郭明义。当时,郭明义的工资才两百多元,几美元、十几美元对他来说,可算得上是一笔不小的收入,几笔小费便抵得上他一个月的工资。然而,郭明义却从来没有收过外方技术人员的小费。

"郭，你为什么不收呢？"外方技术人员问。

"这是我应该做的。我们中国人都爱帮助别人。我们中国不兴这个。"郭明义总是态度坚决地说。

也有同事问郭明义："他们是为了感谢你才给你小费，这是你应得的。你为什么不收下呢？"

郭明义说："帮助了别人，可不能图回报。我们中国人要有中国人的尊严，不能让外国人看不起我们。我们不能给国家抹黑。"

和外方沟通技术的许多年里，郭明义深得外方公司的青睐，因为他爱岗敬业、技术过硬、品格高尚。特别是美国犹格里德公司澳大利亚售后技术部中国区的总管，他了解郭明义，认同郭明义，甚至期待把郭明义挖走，让郭明义成为他们公司的一员。

"我们公司太需要像你这样的员工了。"总管对郭明义说。

"我是属于齐大山铁矿的。"郭明义笑着说。

"你加入我们的公司，做我们企业驻中国的代表。"总管说，"工资方面你放心，我们开出的工资，可是你现在工资的七八倍。"

"齐大山铁矿培养了我，祖国的建设也需要我，我不能离开。"郭明义拒绝了这位总管的邀请。

大家知道了这件事情后，都说郭明义傻。当年跟郭明义一起参加英语强化班的三名翻译，都已经被外方挖走了。他们拿着比郭明义高数倍的工资，过着优渥的生活。郭明义现在正面临着矿上发不出工资的困境，竟然还拒绝了外方公司的邀请，这不是傻又是什么呢？

郭明义却这样回答："我上党校、进修，都是鞍钢给我掏的钱。鞍钢培养了我，我要懂得感恩，所以我不能走，也不会走。虽然矿上现在遇到了困难，但是我对它有信心。我相信我们的企业会发展得越来越好。"

听了郭明义的话，那位总管也竖起大拇指，说："鞍钢有这样的员工，腾飞是注定的事。"

是的，鞍钢的腾飞，的确少不了郭明义这样的职工。

郭明义的本职工作是矿用电动轮组装过程中的英文翻译，翻译工作以外的事情其实跟他都没关系，但他就是要做一个"管得宽"的人。每当针对矿用电动轮进口备件问题进行翻译时，他都要认真地检查这些备件，以防备件出现质量问题。

"郭明义，你的工作是翻译，质量问题不归你管，你何必多事呢？"有人问郭明义。

"我是一名共产党员。备件出了问题，会直接损害到集体利益和国家利益，我可不能不管。"郭明义说。

有一次，郭明义发现矿用电动轮有质量问题，便提出要再仔细检查。

"都组装好了，运转也很正常，肯定没有问题。"外方技术人员说。

"不对，运转的声音听起来不对。请马上停下来，我们再检查一下。"郭明义说。

"你不是质检员。仅凭听起来有问题就要检查，你没有这个权限。"外方技术人员对郭明义的做法有些不满，"即便有问题，也是运转后被职工们用坏的。"

"我们必须仔细检查！"郭明义大声说。

郭明义平时跟大家交流的时候总是轻言细语，而这次，在集体利益和国家利益面前，他选择大声捍卫自己的权利。

为了找到证据,"多管闲事"的郭明义脱掉外套,拿着照相机钻进了狭小的电机箱里仔细地检查起来。他不放过每一个细节,一边检查一边拍照。最后,郭明义发现,进口备件中有五台矿用电动轮有质量问题,还拍下了有说服力的证据,证明的确是备件本身的问题,而不是矿上的职工在使用过程中损坏的。郭明义写了一份详尽的报告,递交到了上级领导手中。

在证据面前,外方技术人员承认了质量问题。最后的解决结果是,矿里得到了外方十万美元的赔偿。

"郭明义,多亏你听出了不一样的声响,也多亏你'多管闲事',让矿里挽回了损失。"有同事说。

"我是矿里的一员,这是我应该做的。"郭明义说。

"郭,你很优秀!"外方技术人员也这样称赞郭明义。

三十三台矿用电动轮都组装好后,外方技术人员要回国了。一位外方技术人员拿着一块金壳表对郭明义说:"郭,感谢你对我们的照顾!你是一个值得尊敬的人。这块表是我的一点儿心意,你收下,留个纪念。"

郭明义当然不愿意收下这块金壳表,但外方技术人员说:"你不收下这块表,就是不把我当朋友。"

为了不伤害外方技术人员的感情,郭明义只好收下了这块金壳表。

等外方技术人员离开后,郭明义马上就把这块金壳表交到了领导手上,还说:"请一定交给矿里的纪委。"

这件事情传出后,好多人都说郭明义傻,郭明义却乐呵呵地说:"傻一点儿好。"

采场就是我的家

一九九六年的一天,领导找郭明义谈话。

"明义,组织上准备给你加一副重担。"领导对郭明义说。

"没问题。不管是什么样的重担,我都能挑得起来。我服从组织安排。"郭明义说。

"明义啊,你也知道,我们企业购了造价极高的电动轮汽车,它对采场公路的要求非常高,一旦因公路问题造成电动轮汽车损坏,轻则花上几十万甚至上百万来修车,重则打乱采场计划,引起采场窝工①,造成巨大损失。"领导说,"经过商议,我

---

① 指因计划或调配不好,工作人员没事可做或不能发挥作用。

们想请你来担任采场公路管理员这一职务，也只有你最适合担任这一职务。"

"没问题。保证完成任务！"郭明义接下了这一光荣而艰巨的任务。

采场公路管理员主管采场的公路设计、建设和管护工作，这是一个看起来轻松，其实任务很艰巨、特别需要敬业精神的岗位。采场公路有四十多公里，蜿蜒盘旋，要安全承载每年五千多万吨采剥总量、一千五百多万吨铁矿石的转运和输出任务，公路维护的重要性可想而知。而且，因为齐大山矿脉分布不集中，所以，每换一个采矿点，公路的走向就要发生变化，就得重新修一条路出来，让电动轮汽车顺利通过。

郭明义知道自己肩上的责任有多么大。

从接受任务起，郭明义每天凌晨四点多起床，用军人的速度快速洗漱后，便步行去采场。一路上，他基本遇不到行人，因为绝大多数人都没有起床。这个时候，郭明义总是唱着歌驱赶路途中的孤独。每天五点四十分，郭明义都会准时到达齐大山铁矿的采场开始工作。

其实，采场的上班时间是七点三十分，但郭明义总是早早地来到采场。他说："我早一点儿到采场，到各处转转，找出问题，再根据实际情况布置修路任务。我们早些投入到采场公路的整修工作中，才能确保不耽搁矿上的整体运转。"

每天上班要走的路，再加上在采场公路上检查、策划、指挥、整修所走的路，郭明义每天要走十几公里。

"二号公路三千二百米处，平整度不够，做好卸粉石的准备。"郭明义用报话机下指令。

负责维修公路的职工听到指令后，积极准备，把石料车调过来，卸下粉石，再让平路车抹平路面。

"三号铲窝要赶紧清理！"郭明义发出指令。

什么叫铲窝？在矿上，为矿用电动轮装矿石的是巨型电铲，它的工作场地被称作"铲窝"。在电铲给矿用电动轮装矿石的过程中，会有矿石滑落进铲窝里，如果不及时清理，电铲不能正常运转，就会影响产量。如果矿石损坏了轮胎，那损失就大了。

"一号公路旁要重新修一条路出来,各部门赶紧到位!"郭明义又发出指令。

……

郭明义本来有专门的办公室,但他却总不在办公室里办公,而是跑到采场去。他说:"我只有到了现场,才能知道哪里需要维修,才知道工人在做什么、说什么、想什么,有什么困难和要求。"

郭明义本可以坐着车巡查路面情况,但他却说:"车上太高,没办法看清楚路面的平整度。"即使是走在路上,他也会时不时蹲下身去。他的脸会尽可能贴近地面,观察地面的平整度,检查路面斜坡会不会影响电动轮汽车的正常通行。

在露天采场工作,除了需要克服技术上的困难,还要克服特殊气温带来的影响。

齐大山铁矿这个露天采场开采了几十年,已经被掘出了二百米左右的深矿坑。夏天,采场里的温度比场外高十摄氏度左右。在太阳直射下,采场里简直就是一个大蒸笼,人进去后,除了被暴晒,没有别的办法。

郭明义一向认为自己是"铁打的",却也因为中暑晕倒过几次。

有一次,负责修路作业区的推土机司机单锡纯见郭明义晕倒了,便赶紧把他抱起来。

"他浑身发烫,"单锡纯说,"他的工作服都结了晶,这得出了多少汗啊!"

天气太热,大家带来的水都喝光了。没有水可以喂给郭明义,大家只好调来洒水车,对着郭明义喷水。喷了好一阵子,郭明义才醒过来。

"咦,我怎么躺下了?"郭明义伸出手,把脸上的水抹去。然后,他站起身说道:"继续干活儿。"

"郭师傅,你中暑了,就休息一下吧。有我们干活儿,你放心。"单锡纯说。

"我皮实,没事。"郭明义说。

"郭师傅,你这是不放心我们吗?"单锡纯说,"就算你不在现场,我们也一样会按你的安排,把工作干好。"

"我没有不放心大家。"郭明义说,"采场气温高,大家都在高温下作业,如果我躲在阴凉处,我心里会过意不去。我要跟大家一起,同甘苦,共患难。"

工友们听了郭明义的话,眼眶都湿润了。他们暗暗告诉自己:"一定要努力干好本职工作。"

矿坑里温度高,不管是谁进到采场,都会难以忍受。这一点,进去采访的记者深有体会。二〇一〇年七月,有记者到现场去采访郭明义,刚进采场不到十分钟,便中了暑,晕了过去。

如果说夏天的采场是一个大蒸笼,那么,冬天的采场便是一个大冰窖。

冬天的采场,气温比外面低五摄氏度左右,时常会达到零下三十多摄氏度。在这样的地方工作,就算是穿着羽绒服,也会被冻得瑟瑟发抖。然而,郭明义总是在这样的气温下,一站就是好几个小时甚至十几个小时。每年的寒冬,郭明义那修车时被冻伤的耳朵总会疼痛、红肿,脸上也会长冻疮。

"郭师傅,你周末也不休息,不累吗?"有人问郭明义。

"不累,不累。只要看到'血管'畅通着,我就高兴。"郭明义说。

在郭明义眼里，齐大山铁矿的采场这四十多公里的公路，便是矿山的"血管"。只有"血管"畅通了，齐大山铁矿才能顺利地进行生产。如果"血管"堵塞了，便会影响齐大山铁矿的生产，甚至会带来严重的经济损失。所以，郭明义才每天比别人提前近两个小时到达采场，检查路面情况，有计划地安排整修。在大家都下班后，他会留下来，再把公路巡查一遍，为第二天一早的道路整修做准备。一年三百六十五天，郭明义几乎天天坚守在采场，维护着这条重要的"血管"，让它时时保持畅通。

郭明义每天早出晚归，把所有的精力都投入到了维护采场公路上。

"郭明义，你这样做，值吗？"有人问郭明义。

"值！"郭明义说，"采场就是我的家，为我爱的家做贡献，有什么不值的呢？"

在采场这四十多公里的公路上，在这恶劣的环境中，郭明义坚持了二十多年。他每天早上提前到达，每天晚上最后一个离开。他加班加点，相当于比常人多工作了十年。这二十多年间，他在采场所走过的路,相当于近六趟长征路。

这颗平凡的钉子,在这平凡的岗位上,一钉就是二十多年,钉得扎实,钉出了成绩。

一股子狠劲儿

在担任采场公路管理员期间，大家说："郭明义时常表现出'一股子狠劲儿'。"这一股子狠劲儿，是什么呢？

这一股子狠劲儿，表现在郭明义对待工作上，也表现在对待自己上。

一九九七年，齐大山铁矿为了提高采场公路的建设工作水平，开展了创星级公路试点站。在时间紧、任务重，而且只有二十多人进行作业的情况下，郭明义为调动大家的工作积极性，想尽了办法。

有人提议："发加班工资吧，大家一定会非常积极。"

"但我没有发加班费的权力。"郭明义笑着说。

最后,郭明义想出了一个自认为非常好的办法:只要大家能超额完成每天的工作量,他就请大家下馆子。

"郭明义是机关干部,他请我们下馆子的钱肯定能报销。"好多人都是这么认为的。

郭明义笑而不言。

郭明义请大家下馆子的激励办法收到了很好的效果。每天,大家都拼命地干好工作,然后跟郭明义一起到饭店吃晚饭。然而,他们不知道的是,吃饭的钱都是郭明义自掏腰包。在饭店里吃了十几天,郭明义欠了饭店两千多元的账。当时,郭明义和他妻子每个月的工资一共还不到一千元,更何况郭明义还资助着几个学生。为了这笔钱,郭明义犯了愁。

账已经欠下了,总是要还的。郭明义向妻子提起这笔钱后,妻子二话没说,就去银行把存款取出来,给郭明义还了账。

这两千多元,让大家看到了郭明义为赶工期使出的狠劲儿。

郭明义的狠劲儿，还表现在抢修公路上。那些年，郭明义无数次组织大家抢修公路，每一次都是跟时间赛跑，跟危险赛跑，最终都取得了胜利，让采场"血管"得以畅通，保障了采场的安全生产。

二〇〇六年夏天的一个晚上，睡梦中的郭明义被暴雨击打窗户的声音惊醒。他首先想到的是：白天刚铺好的坡道，一旦因为下暴雨滑坡，就会发生险情，一定会影响第二天的正常生产……

情况紧急！郭明义给值夜班的公路管理员打了电话，让他赶紧组织值班的工友们抢修，说自己马上出发，随后就到。没等值班人员说一句话，郭明义就挂断了电话。值班人员其实是想让郭明义不要冒雨过来，路上很危险。然而，在这样的情况下，郭明义肯定会不顾自身安危，亲自到现场指挥，因为在山体滑坡的情况下抢修公路是一件非常危险的事情。

知道郭明义要去现场，大家的心都提到了嗓子眼儿。大家都知道，在这种情况下，郭明义一定会抄近路去现场。这是一条什么样的路呢？这条路，是郭明义为了节省时间走的路。走这条路，要翻过陡峭的山，高度有九十多米，坡度有四十五度左右。若是天气晴朗的时候，路不滑，走起来也没那么危险，而这天晚上，狂风暴雨不停。路很滑，山石也因暴雨而松动，不小心踩到松动的山石，便会有摔下山的危险。

郭明义连滚带爬地在山路上走着，身后那些松动的石头哗啦啦地往坡下滚，但这并没有吓倒他。他脑子里只有一个念头：赶紧到现场，抢修公路！

郭明义把危险抛到了身后。最后，他满身泥水地出现在了大家面前。他的鞋都跑丢了一只，脚也受了伤，流着血……

"郭师傅，你休息一下吧。"有工友心疼地说。

"抓紧抢修！"在郭明义看来，抢修公路才是最要紧的事情。

经过一个多小时的抢修，险情排除了，郭明义和工友们才松了一口气。

"郭大哥，我就服你这股子狠劲儿。"有工友说。

"嘿嘿，大家都一样。"郭明义笑着说。

郭明义的狠劲儿，还表现在他清理采场公路上的积雪时。

二〇〇七年三月四日，正是正月十五元宵节。在这个夜晚，来了一场特大暴风雪。这些年郭明义心里装的全是采场公路的事，关心的就是采场能不能安全生产。看见窗外漫天飞舞的雪花，他坐不住了。凌晨两点，正是天气最冷的时候，郭明义裹着棉衣出发了。

郭明义踩着没过了膝盖的雪，朝采场走去。一路上，他掉进雪坑里好几次，费尽全身的力气从雪坑里爬出来后，他又立刻前进。这一路，他手脚并用，花了两个多小时才爬到了采场。他是第一个赶到采场的人。

因为把大头棉鞋给了湿了鞋的工友，郭明义只好穿着雨靴，带着大家一起清理积雪。这一回，他们从早上四点半一直清理到了晚上六点。等停下来休息的时候，大家才发现，郭明义的脚和雨靴冻在了一起。

大家赶紧用雪搓郭明义的脚，还用胸膛暖他的脚。过了二十几分钟，郭明义的脚才有了知觉。

"郭师傅,你不要命了!"有工友埋怨道。

"采场公路关系到生产安全,我急啊!"郭明义说。

平常,都是郭明义帮助大家,温暖大家,而这次,工友用胸膛温暖郭明义冻僵了的脚,让郭明义泪流满面。他说:"大家把我当亲人,我心头暖和啊……"

二〇〇八年二月,齐大山铁矿要完成"亚洲第一移",就是对破碎站进行整体下移。这是一座高二十四米、宽十五米、重八百二十三吨的破碎站。要对这样一个庞然大物进行整体移动,难度极大。稍有不慎,设备就会倾倒,这样不仅会造成设备损坏,给矿上造成巨大的经济损失,甚至还可能造成人员伤亡。在这危急关头,患了重感冒的郭明义迎难而上。在大雪纷飞的寒冬时节,在破碎站皮带下面的矿石都被冻住的情况下,他带着工友们从早上五点干到第二天凌晨两点,终于把路修好了。

在这个过程中,郭明义因为生病而浑身颤抖,却也不肯歇一歇。在破碎站成功转移后,郭明义累得连站都站不住了,由两名工友搀扶着,才回到了家。

然而,郭明义在吃了药,睡了一觉后,又出现在采场。他出现在采场的时间,正好是他平时到采场的时间:早晨五点多。

郭明义的狠劲儿,还表现在他遇上小偷的时候。

这一天,郭明义跟往常一样,早上五点多就到了采场。当他往采场深处走去的时候,他看见两个小偷正在偷柴油。

"嘿!不准偷东西!"郭明义大喊着跑上前去,要阻止小偷偷柴油。

两个小偷见有人来,便想开车逃跑。哪知,郭明义冲上前去挡在车前,大吼道:"想跑,除非从我的身上轧过去!"

两个小偷怕引来更多的工友,便丢下车逃跑了。

当然,因为有小偷丢下的车,公安局查到了他们的身份信息,很快把他们捉拿归案了。

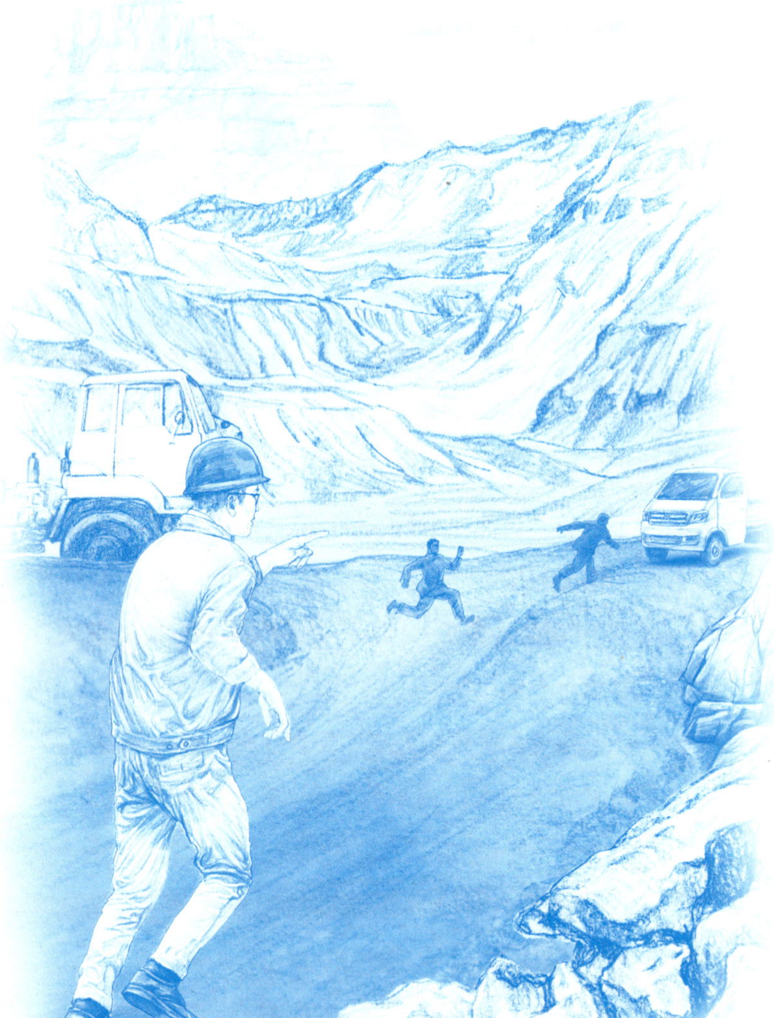

"郭明义,你就不怕小偷对你下狠手啊?"有工友问郭明义。

"我不怕小偷。我这股狠劲儿足够吓跑他们。"郭明义自豪地说。

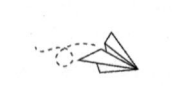

我能叫您一声爸爸吗？

郭明义在离开部队的时候，曾对连长说："请连长放心！我到地方工作后，一定会继续向雷锋学习，一定像在部队一样，对自己高标准、严要求，做就做到最好。"

一心要向雷锋学习的郭明义，小时候学雷锋做了不少好事，长大后沿着雷锋的足迹参了军。在部队里，他学习雷锋做好事，复员后依旧坚持学雷锋做好事。

一九八三年，也就是郭明义复员到鞍钢工作的第二年，他被鞍钢评为"青年精神文明建设先进个人"。齐大山铁矿团委在《青年精神文明建设先进个人登记表》的评价栏里写道："自一九八二年八月以来,郭明义同志组织了一支由青年团员参加的青年服务队,曾多次到千山温泉疗养院为患者理发,打扫卫生,受到了疗养院和工作人员的好评,共接到表扬信三封。"

郭明义的确是在践行他离开部队时的诺言。

在工作中,不管是当驾驶员、当翻译还是做采场公路管理员,他对自己都是高标准、严要求,立志要把雷锋精神发扬光大。

在生活中,郭明义不忘学雷锋做好事。他乐于助人,时常慷慨解囊。

复员到齐大山铁矿后,他时常帮助身边的工友。在寒冷的冬天里,他把大头棉鞋送给湿了鞋的工友,把棉安全帽送给刚来的实习工人。在繁忙的工作之余,他细心观察工友们的情绪,谁遇上了困难,他都会上前去安慰一番,给予他们精神和物质上的帮助。

当大家因为太疲惫而工作热情不够高的时候,他会以饱满的热情为大家唱歌。大家听得开心了,情绪高涨,便又会一起努力干活儿……他处处为他人着想,把雷锋精神发扬到了极致。

在"希望工程"①刚开始在全国实施的时候,郭明义在报纸上看见了号召捐款资助贫困孩子上学的报道。他在共青团鞍山市委的资料库里挑了一个生活在岫岩山区的贫困孩子作为资助对象,寄去了二百元钱。这是郭明义第一次资助贫困孩子。从此,郭明义打开了资助的大门。走进这扇门后,郭明义走了一程又一程,温暖了一颗又一颗心。

一九九四年,在鞍山市台安县遇见的一个家庭,令郭明义终生难忘。

那一次,郭明义和工友们一起到台安县帮助村民劳动时,遇见了一户贫困人家。当走进这户人家时,郭明义便心酸得泪水在眼眶里打转。他最见不得别人受苦。

这户人家只有两间破旧的土屋,屋里极其简陋,里面住着一对母女。母亲躺在床上,一副有气无力的样子,看起来病得很重。女儿看起来十岁左右,正踩在板凳上做晚饭。

---

① 我国个人、社会团体和企事业单位等为普及义务教育自愿捐款、共同实施的一项社会公益工程。1989年10月由中国青少年发展基金会倡立。宗旨是救助贫困地区失学的少年儿童,使之受完规定的义务教育,推动贫困地区教育事业发展。

"伯伯您找谁?"小女孩听见响动,回过头,看见了站在门口的郭明义。她看起来很有礼貌。

"我不找谁。我就是来看看。"郭明义在说这话的时候有点哽咽。他想:生在这么贫困的家庭,这个小女孩却这么懂事……

郭明义进了屋。小女孩继续踩着板凳做饭,郭明义便和小女孩的母亲拉起了家常。小女孩的母亲说,她和孩子的爸爸离了婚,母女俩现在相依为命。原本生活就困难,她却又患上了严重的糖尿病,没有了劳动能力,挣不了钱,生活就更加困难了。

"我每天都要输液。请人扎针的话,每天要四元钱。"小女孩的母亲说,"为了省钱,我让女儿给我扎针……她还是个孩子啊,没学过扎针,经常扎不到血管……她觉得扎疼了我,便哭,觉得对不起我……其实,是我对不起她啊……我是担心我们家这样的情况会影响到她的学习……"

说到这里,小女孩的母亲掉下了眼泪。郭明义也忍不住,转过身去,擦了擦泪水。

和小女孩的母亲聊过天后,郭明义又问小女

孩:"你叫什么名字?"

"我叫王诗越。"小女孩说。

"嗯,王诗越,很好听的名字。"郭明义说。

看着这个贫困的家庭,看着眼前懂事的王诗越,郭明义从口袋里掏出二百元钱,递给了她。他说:"诗越,这钱拿去请医生来给妈妈输液。你一定要好好地照顾妈妈,同时要好好学习。"

"谢谢伯伯!"王诗越接过钱的那一刻,感动得哭了。

郭明义在临走时记下了王诗越家的联系方式。

回到家里,王诗越家的贫困、王诗越的母亲躺在床上的情景、王诗越踩着板凳做饭的身影……一直在郭明义的脑海里闪现。郭明义最担心的事情是王诗越因为母亲的病而影响学习,甚至不能完成学业。

郭明义把王诗越家的情况告诉了妻子。他说:"我想再给她们邮二百元去。"

妻子一向支持郭明义学雷锋做好事,她二话没说,便又给了郭明义二百元钱,说:"赶紧邮过去吧,她们需要钱。"

郭明义在邮钱的时候，还给王诗越写了一封信。他告诉王诗越，他每年会资助她们家一千元，直到她大学毕业。每年资助一千元可不是一笔小的开支。那时候，郭明义和他妻子每个月的工资总共才六百元，而且，郭明义同时还资助着别的贫困家庭。

一天，郭明义收到了王诗越的回信。她在信里写道："谢谢您，郭伯伯！有了您的钱，妈妈就可以请医生来输液了，我也可以安心上学……您是我的大恩人，我能叫您一声爸爸吗？"

读着王诗越的信，郭明义泪流满面。这是心酸的眼泪，是欣慰的眼泪，也是感动的眼泪。他对自己说："帮助别人，快乐自己。"

从这以后，郭明义便走上了资助贫困学生的道路。郭明义从共青团鞍山市委了解到，每捐三百元就可以资助一个贫困生。他用一个又一个三百元，一封又一封鼓励信，挽救了一个又一个贫困家庭，改变了一个又一个贫困孩子的人生。

公共资源，不许捐赠

有一次，郭明义在跟朋友聊天的时候，聊到了一个孩子。朋友说："那个孩子每天要走四公里路去上学，够辛苦的。"

"时间都耽搁在路上了。"郭明义说。

"对呀，"朋友说，"家里想给他买一辆自行车，但经济困难，买不起。"

回到家后，郭明义坐立不安。他总是想着那个上学要走四公里、买不起自行车的孩子。晚上，郭明义翻来覆去，怎么也睡不着觉。

"心里有啥事啊？"妻子问郭明义。

郭明义没有说话。

妻子了解郭明义，她说："又有谁需要帮

助了？能帮就帮吧。好好睡觉，明天还要早起上班。"

第二天，郭明义起得比往常更早一些。他把自己那辆半新的自行车擦得干干净净的，推去送给了那个男孩。

这下，郭明义只能走路上下班了。知道这件事后，妻子并没有责怪郭明义，而是给他买了一辆自行车。

可是，没过多久，郭明义从一个贫困生的资料里看到，这个贫困生的愿望是拥有一辆自行车，每天骑着自行车去上学，这样就可以节约出时间来学习了。郭明义二话没说，把这辆还没有骑多久的新自行车又捐给了那个贫困生。

当妻子发现郭明义又开始走路上班时，便假装生气地说："明义，又捐了？那你就天天走路上下班吧。"郭明义嘿嘿一笑，没有说话。

过了一段时间后，妻子心疼他，又给他买了一辆自行车。当妻子把自行车交给郭明义的时候，便对他说："我有预感，这辆自行车也不是你的。"

妻子的预感果然没错。

六一儿童节那天,电视台策划了一期节目,主题是让贫困儿童说出自己的心愿。鞍山市郊区汤岗子镇小学的一个贫困生说:"我的心愿是有一辆自行车,骑着自行车上学,这样,我就不用走很远很远的路去上学了。"

郭明义立即给电视台打了电话,说:"自行车这件事我包下了。"

郭明义再一次把自行车擦得亮铮铮的,送到了那个贫困生的手上。

就这样,郭明义的自行车送了买,买了送。后来,郭明义便没有骑过自行车了。他笑着说:"走路上班,锻炼身体。"

郭明义没有再买自行车,并不代表他没有再献爱心了。没有自行车可以捐,他就捐钱,捐棉衣,捐手表,捐奖金……连家里的电视机也捐过几次。

有一天,郭明义发现修路车间值班室里少了点什么。一问,才知道是少了电视机。

"电视机坏了,不习惯。"工友说。

"是,值班的时候会很寂寞。"郭明义说。

郭明义回家后,二话没说,便把家里的彩色电视机搬进了值班室。

"明义,把电视机捐了,你就别看电视了啊。"妻子笑着说。

"他们能看电视,比我自己能看更开心。"郭明义说。

过了一段时间,妻子凑钱买了一台彩色电视机回来。她想:家里总得有一台电视机。空闲的时候,一家人坐在一起,听听新闻,看看演出,挺好。

可是,这台电视机也被郭明义捐出去了。

事情是这样的:有一次,郭明义去看望一户贫困家庭的孩子。孩子的父亲因为瘫痪常年卧床。由于家庭特别贫困,家里几乎没有什么家具,电视机肯定更没有了。郭明义想:他们家如果有一台电视机,在孩子不在家的时候,孩子的父亲就可以看看电视,解解闷儿。郭明义回到家后,跟上次一样,把家里的彩色电视机捐了出去。

"郭师傅,你真是好人啊!"孩子的父亲满怀感激地说。

"你平时看看电视,解解闷儿。孩子放学回来做完了作业,也可以看看电视。通过电视了解国家大事,还可以学知识。"郭明义说。

这是郭明义捐出的第二台电视机了。

当郭明义决定捐出第三台电视机时,家里起了一点儿小风波。

自从开启了资助大门后,郭明义经常参加"希望工程"见面会。在一次见面会上,郭明义问一个贫困男孩:"你最希望拥有什么?"

"我最希望家里能有一台彩色电视机,里面的人和风景都是有颜色的,很漂亮。"那个男孩说。

听了男孩的话,郭明义心里一酸。他想:这是一个多好的时代啊,大家都富裕起来了,可是拥有一台彩色电视机却是这个男孩最大的愿望……

就这样,郭明义捐出了第三台彩色电视机。

电视机捐出去当天,郭明义的女儿回到家后,发现电视机没有了。女儿猜测,家里的电视机一定是被父亲又捐出去了,但她不确定,便问道:"爸爸,妈妈,咱家的电视机呢?"

郭明义没有说话。这些年,他捐钱捐物,对外人都很慷慨大方,唯独没有对女儿大方过。一家人总是省吃俭用，只要有钱省下来，他就去捐了。现在女儿在找电视机，郭明义就假装没有听见，不说话。

妻子知道这事是瞒不住的，便对女儿说："'希望工程'的资助对象里，有个家庭贫困的男孩，他最大的愿望是家里能有一台彩色电视机，你爸爸就捐出去了。"

"爸爸，"女儿生气地说，"他要看电视，你就送，那我要看电视呢？"

是啊，这些年来，郭明义总是想方设法地满足各地贫困孩子的愿望，却没有关注过自己女儿需要什么。现在，连女儿喜欢的电视机也送出去了，女儿能不生气吗？

郭明义只好轻言细语地劝女儿："你别急，回头攒够了钱，我再给你买个新的回来。这次送得有点急了，可是那个孩子家里实在太困难了，他想看电视。你是当姐姐的，就先让弟弟看吧；而且，你不是上高三了吗？总是看电视也影响学习，等你高考完再看，好不好？"

在郭明义和妻子的劝说下，女儿才渐渐消

了气。

就这样,郭明义一家好长时间都没有看过电视。

二〇〇八年,鞍山市团委把一台电视机送到了郭明义家。领导对郭明义说:"郭师傅,这台电视机,组织上送给你,是让你收看'希望工程'宣传片用的,可不许捐赠出去。"

为了防止郭明义再把这台电视机捐了,领导还在电视机上贴了"公共资源,不许捐赠"的纸条。就这样,郭明义才没再把电视机捐出去。

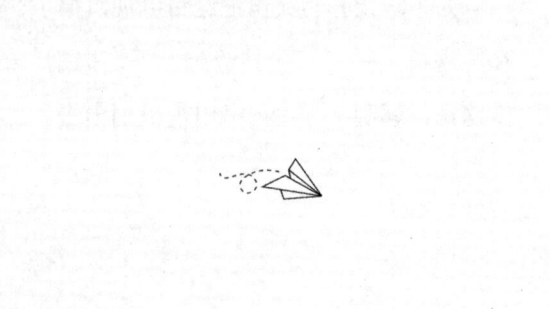

永远还不上的欠条

一心帮助别人的郭明义,打过一张永远也还不上的欠条。

在资助贫困生的那些日子里,郭明义总是到市里的"希望工程"办公室,想看看谁还需要帮助。他总是凑齐三百元就寄出去,资助那些贫困孩子上学。

那是二〇〇八年的一天,郭明义刚把省吃俭用攒下来的三百元钱寄出去后,又在"希望工程"名单上看见了四个特别贫困的孩子,一下子又着了急。郭明义就是这样一个人:看到有人受苦,便会心酸;看见孩子因贫困要辍学,便会掉泪。他恨不得马上寄出一千二百元,为孩子们解决困难。

怎么办呢？口袋里已经没有钱了，可他又担心孩子们因贫困而辍学，便开始向工友们借钱。工友们都相信郭明义的为人，也没有问他钱的用途，便纷纷把钱借给了他。

郭明义把钱分别寄走后，心里乐开了花。可是，他很快又犯愁了：借了工友们的钱，总是要还的呀，拿什么还呢？

回到家后，郭明义抢着做这做那，脸上堆满了笑容。

妻子一看就知道郭明义心里有"鬼"。她笑着问道："手里的钱捐完了，还想捐，是吧？"

郭明义顿了顿，说："钱捐完了，还想捐……不过，已经捐了。"

"已经捐了？又捐了多少？从哪里拿钱去捐的？"妻子说这话的时候，脸色已经不太对了。

就在前不久，妻子还跟郭明义讲，家里的经济条件不好。这些年一直不停地捐款，家里的日常开支都很紧张，更谈不上有多少积蓄了，所以以后再捐钱捐物的时候，一定要量力而行。妻子知道，郭明义捐起款来从来不考虑家庭的开支，只要手上有点钱,他就赶紧捐了。工资、奖金、慰问金等,只要到了郭明义手上,很快就会被捐出去。所以,近年来,妻子便开始管理"家庭经济",每个月只给郭明义发一些零花钱。然而,郭明义连这些零花钱也会捐出去,有时还会向妻子要钱捐款,妻子大多数时候也会把钱取出来给他。

"从工友们手上借的,一千二百元,全部寄出去了,资助了四个学生。"郭明义说。

"一千二百元?"妻子有点生气了,"我刚攒了一点儿钱,我们女儿也需要钱啊……"

郭明义知道妻子生气了,也知道是自己做得不好,没有考虑到家里的经济情况,时常让妻子为难。郭明义一边哄妻子开心,一边说:"我给工友们打了欠条,我得赶紧把钱还上才行。你也不想让我做一个不诚信的人,对吧?"

生气归生气,在妻子看来,欠了工友们的钱,总归要及时还上才对。于是,妻子取出一千二百元钱,让郭明义拿去还上了。见妻子还在生气,郭明义笑着说:"我也给你打张欠条,以后有钱了,我一定还给你。"

"打欠条？亏你想得出来……"妻子哭笑不得，"行，就打一张欠条吧，让你记得这件事情。"

郭明义的欠条是这样写的："郭明义欠孙秀英同志一千二百元，于二〇〇八年七月十二日偿还，不还，离婚。"

妻子知道，郭明义的这张欠条，将会永远放在她的小盒子里。为什么呢？因为她太了解郭明义了：他手上只要有钱，便会拿去捐赠。他永远不会有存满一千二百元却还没有捐出去的时候。

其实，对这个家庭来说，郭明义所欠下的，何止是这一千二百元？他早已打下了一张张无字的欠条。

当郭明义一而再，再而三地捐出电视机的时候，他欠女儿一台电视机。

当郭明义不断地把手中的钱捐出去，不断地放弃矿上的福利房的时候，他欠女儿一个卧室。在那套四十平方米的旧房子中，女儿一直住在只有四平方米的门厅里，一住就是二十年。

当郭明义一直在矿上忙工作，在需要帮助的人群中奔波的时候，他欠妻子一个陪伴。平常，他周末也在采场工作,每天都是早出晚归,时常是大年初一都还在公路上巡查。稍有点休息时间,他便四处奔走,去帮助那些有困难的人。郭明义曾坦言,自己只陪妻子逛过两次街。

当他一次次从妻子手中拿了钱去帮助别人的时候,他欠妻子一件像样的礼物。这么多年来,郭明义只送过妻子一条红纱巾和一枚价值二十八元的戒指。

二〇〇九年,矿里安排郭明义外出疗养。郭明义跟以往一样,总想把这样的机会让给别的职工。然而这次,领导让他必须服从安排,领导说:"明义,你为矿里付出了那么多,但你每年都把疗养的机会让出去,这次不行了,你必须去!"

就这样,郭明义怀揣着妻子给的一千元钱,去了井冈山。妻子在把一千元钱塞进郭明义的口袋时说:"在外面可别舍不得花钱,买点你喜欢的东西。"但是,郭明义有自己的小算盘,他想:三百元就能资助一个贫困孩子,这一千元,又可以资助三个孩子了,这钱可不能乱花。

郭明义在井冈山的时候,看中了一家店里卖的一枚标价二十八元的戒指。郭明义掏出自己舍不得花的钱，买下了这枚戒指。他想：结婚这么多年来，我就给她买过一条红纱巾，真是太对不起她了！

回到家里，郭明义把这枚戒指递到妻子面前。见到戒指，妻子的眼圈一下子就红了。郭明义以为妻子是嫌弃这枚戒指，生气了，便赶紧安慰，赶紧解释："这戒指很便宜，我就是觉得好看才买的。如果你嫌它便宜，回头再给你买个好的。"

"谁说这个不好了，我刚才是高兴才哭的。"妻子这么一说，郭明义才放心了。

这枚二十八元的戒指，被妻子当成宝贝一样收着，平时都舍不得拿出来戴，说怕磨坏了。

郭明义欠了家里那么多，他没办法还上，家人也允许他还不上。

那张欠条上的一千二百元，郭明义可能永远没办法还上了，但是，郭明义却收获了一笔宝贵的财富。郭明义从一九九四年开始资助贫困学生，有三百多名特困生因为他的资助而得以继续学业。他给五百多个困难家庭送去了温暖和希望，单是汇款单就有一百五十多张,先后收到了三百多封感谢信……这些,难道不是一笔宝贵的财富吗?

当然,在郭明义和妻子看来,那张永远还不上的欠条,也是他们家的宝贵财富之一。

治治自己的胆小

说郭明义是"雷锋传人"一点儿也不为过。

他除了不停地捐钱捐物,帮助那些需要帮助的人,还献血,献血小板,捐造血干细胞,最后还签了遗体捐献志愿书。

说起无偿献血,郭明义也算是"资深献血者"了。他第一次无偿献血,是在一九九〇年。说起第一次献血,郭明义总是嘿嘿地笑,因为那次献血让他看到了自己的胆小。

那年,矿里号召职工们无偿献血。想到自己的血可以救别人一命,郭明义毫不犹豫地在报名表上签下了自己的名字。他还对身边那些犹豫着不敢签字的工友说:"我爱人是护士,她告诉我,献血能降低血液黏度，促进新陈代谢呢。"

献血那天，排队时，当郭明义看见护士把血从别人的胳膊里抽出来的时候，他竟然莫名其妙地紧张起来。轮到他献血的时候，他紧张得肌肉僵硬，护士很难从他的血管里抽出血。护士让郭明义休息了一会儿，再抽血的时候，终于抽了出来。可是，当郭明义看到自己的血被抽出来的时候，却感觉头晕得厉害。

护士说："你有晕血症，以后不要献血了。"

"三十好几的人了，抽个血吓成这样，真没出息。"有工友打趣道。

然而，郭明义却并没有因此而放弃继续献血。他对自己说："这可不行，以后要多献几次，治治自己的胆小才行。"在自己的努力和坚持下，他很快就克服了晕血的心理障碍，并决定在献血这条路上继续走下去。

郭明义经过了解得知，无偿献血有两种：一种是献全血，每人每年最多只能献两次，每次最多献四百毫升；一种是献血小板，每次抽取八百毫升或一千六百毫升的血液，提取一个或两个单位的血小板后再输回体内，每人每年献血小板不超过十二次，每次最多两个单位。郭明义为了多做贡献，又献起了血小板。献血小板可比直接献血的程序复杂多了，既花费时间，又会让手臂疼上好几天。然而，郭明义的脸上却总洋溢着幸福，他说："能挽救别人的生命，我很幸福。"

郭明义不仅自己积极地参与无偿献血，还动员大家一起加入无偿献血的队伍。他总是找机会给大家讲献血的好处：不仅可以挽救生命，还可以促进新陈代谢。不管是在上下班的路上，买菜的路上，还是在去邮局汇款时，郭明义碰见谁就跟谁讲献血的好处。他总是希望更多的人加入无偿献血的队伍中来，让血库不再缺血。

为了让更多的人参与无偿献血，郭明义还打起了血站送的礼品的主意。因为献血多，血站经常为郭明义准备一些礼品。与偶尔献血的人相比，他的礼物要贵重一点儿，然而，郭明义却不要这些贵重的礼物，他让工作人员给他换成了血站最基本的小礼品，比如便宜的手表之类的。

郭明义换了那么多手表，有什么用呢？

"这是血站送的小礼品,送给你。"郭明义对工友说,"去献血吧,你献完血,血站也会送你这些小礼品。"

"去献血吧,对身体有好处,还会有礼品。"郭明义把手表送给曾经帮助过的人,"这就是血站送给我的。"

"你们经常帮助我汇款,送一份小礼物给你们,这是血站送的。"郭明义把手表送给邮局的工作人员,"你们身体这么健康,也可以去献血。"

……

在郭明义的动员下,愿意无偿献血的人越来越多。

二〇〇八年十一月,郭明义发起并成立了鞍山市第一支无偿献血志愿者应急服务大队,并被推选为队长;二〇〇八年十二月,郭明义获得了国家卫健委、中国红十字会总会、中央军委后勤保障部卫生局表彰的"全国无偿献血奉献奖"金奖;二〇〇九年九月,郭明义与乒乓球运动员郭跃、交警冯志国一起当选为鞍山市"无偿献血"形象代言人。二〇一〇年二月一日,因为鞍山市中心血站血源告急，郭明义向矿业公司职工发出了献血倡议。短短三天时间，就有近五百人报名，再加上无偿献血志愿者应急服务大队的一百多名成员，这次无偿献血志愿者的人数达到了六百多人……

"郭大哥，跟你一起参与无偿献血，很开心。我又领到了一本献血证。"一个工友捧着新领到的献血证，高兴地对郭明义说。

在捐献血小板的那些岁月里，有一件事情给郭明义留下了特别深刻的印象，也让他在这条路上走下去的决心变得更加坚定。

那是二〇〇九年的一天，郭明义刚出采场，便接到了鞍山中心血站工作人员打来的电话，说是出现了紧急情况，问他能不能提前捐献血小板。为什么说是提前捐献呢？因为血小板的保存期限都特别短，通常都是每个月按照预约时间进行定期采集。不用工作人员强调"紧急情况"，郭明义也知道，如果不是人命关天的大事，血站工作人员是不会给他打电话的。

那天天很冷，刚下过雪，路面很滑。郭明义午饭都还没来得及吃，只想着马上赶到医院。一向节俭、从不打车的郭明义，破天荒地打了一次出租车。到了医院，郭明义了解到，一位产妇患了溶血性贫血，如果不及时输血小板，大人和孩子的生命可能都会保不住。

"马上采血吧。"郭明义一边说，一边躺到了采血机旁。

"郭师傅，您看起来很累，您先休息一会儿吧。"工作人员说。

是的，郭明义的确很累。从早上五点到下午两点，不要说吃饭了，他忙得连一滴水都没有喝过。然而，郭明义心系病人，他说："赶紧采血吧，病人等不起！"

在采血的过程中，郭明义对工作人员说："我要捐两个单位的。捐两个单位保险一点儿：大人一个，孩子一个。"

郭明义在采血机旁躺了一个小时四十分钟。因为有了郭明义捐出的血小板，产妇和孩子都保住了。

当产妇的家属提出要见郭明义当面谢恩的时候，郭明义说了一句极为朴实的话："不用谢了，这是我应该做的！"

搓澡工

  郭明义不仅积极动员大家献血，还动员大家捐献造血干细胞，为那些患有白血病、再生障碍性贫血等疾病的人带去希望。

  二〇〇六年十二月，郭明义的工友张国斌的女儿患上了白血病。郭明义在进行深入了解后得知，要治好女孩的病，除了需要大量的钱，还需要找到匹配的造血干细胞。

  首先要解决钱的问题。

  郭明义在把自己能拿出来的钱都捐给张国斌后，便开始写倡议书，拿到矿里的广播站去念："女孩才十三岁啊，我们得想办法帮帮她……"郭明义一边念一边流泪。矿里的职工纷纷捐款，很快就捐出了两万多元钱,送到了张国斌手中。

真是祸不单行!紧接着,工友刘孝强十五岁的儿子患上了再生障碍性贫血。跟张国斌的女儿一样,也需要大量的钱,还需要找到匹配的造血干细胞。

匹配造血干细胞可不像平时配血型那么容易,配型成功的概率极低,所以需要动员许多人来捐献造血干细胞。

郭明义在把自己医疗账户上的三千元都捐出来后,便开始全力动员大家捐献造血干细胞。以往,不管是动员大家捐款还是献血,郭明义都获得了成功,但这次,郭明义在动员大家捐献造血干细胞的时候,却遇到了很大的困难。

"造血干细胞是什么?捐了我也会生病吧?"

"捐造血干细胞啊?不行不行。"

"捐了造血干细胞,是不是我的身体也造不了血了?"

……

许多人都不了解造血干细胞,都以为捐献了造血干细胞后自己的身体会受到很大的影响。

为了让大家了解捐献造血干细胞对身体几乎没有影响，郭明义写了一份倡议书，在工作之余到处宣传。齐大山铁矿所有的机关科室以及七十多个班组，都被郭明义走遍了。他走到哪里，就在哪里朗读他写的倡议书。在郭明义的倡议下，有些工友终于愿意捐献造血干细胞了，但是，不愿意捐献的还是占大多数，这可怎么办呢？

郭明义想：我要到人多的地方去动员才好。哪里的人多还方便交流呢？郭明义突然想到了一个地方：浴池。工友们劳累了一天后，都会去浴池洗掉一身的灰尘，洗去一天的疲惫。

走进浴池，见到许多的工友，郭明义非常高兴，他在心里说："这里的人要是都能捐献造血干细胞，那该多好啊！我要在这里当一名搓澡工。"想到这里，郭明义不由得笑了。他拿起搓澡巾，开始给一位工友搓澡。

"郭师傅，你也累了一天了，我自己来吧。"工友不好意思地说。

"没事，我不累。"郭明义说，"你了解造血干细胞吗？患了白血病、再生障碍性贫血的病人，就需要造血干细胞……"

"郭师傅,你给我讲这些,我不懂。"工友说。

……

郭明义可不管人家懂不懂,他只管一股脑儿地讲。他想:他们总能听懂一两句,万一听着听着就想要捐献造血干细胞了呢?

为这位工友搓过了澡,郭明义又开始为下一位工友搓澡。

"你了解造血干细胞吗?"郭明义一边搓澡一边问。

"郭大哥,我了解,但我不想捐。"工友说。

"为什么不想捐呢?是害怕对身体有害吗?"郭明义说。

"对呀,万一捐了后我自己身体不好了,怎么办?"工友说。

郭明义耐心地对这位工友说:"捐献造血干细胞不会影响我们的身体。我们成年人,只需要捐出不到十克骨髓造血干细胞就可以挽救一名白血病患者的生命……"

"这样呀,那我回去考虑一下。"工友说。

听到这样的回答,郭明义开心地笑了。他继续为下一位工友搓澡。

郭明义每为一位工友搓澡,都要给他们讲与造血干细胞有关的知识,给他们讲捐献造血干细胞不会对身体有危害,讲捐献造血干细胞对病人有多重要……同样的话,他每天要讲好多遍。

功夫不负有心人。郭明义以爱心激发爱心,以实际行动感动了工友们。经过多天的搓澡、讲解和动员,又有一些工友答应去捐献造血干细胞了。有工友答应回家好好思考捐献造血干细胞的问题,有工友还加入了动员大家捐献造血干细胞的行列中来……

一天,当郭明义走进浴池,再次拿起搓澡巾时,一位工友说:"郭大哥,您不用来当搓澡工了,我们都明白您的心愿。您放心,我们寻思过了,回头我们都给那两个孩子捐造血干细胞去。"

这一席话,听得郭明义红了眼圈。他连声说:"谢谢,谢谢……"

经过努力,郭明义感化了一批工友。这批工友也都跟他一起努力,感化了身边一个又一个人。

二〇〇六年十一月三十日，郭明义组织了第一次造血干细胞捐赠，有一百四十多位志愿者完成了血液样本采集。二十七天后，郭明义再次组织捐献时，又有四百多名爱心人士完成了血液样本采集。在后来的几次捐献活动中，一共有一千三百余人签字并进行了造血干细胞血液样本采集。

后来，张国斌的女儿非常幸运地和一位工友配型成功，顺利地进行了造血干细胞移植手术。

"您可是我们家的大恩人啊！"张国斌的父亲拉着郭明义的手，泪流满面。

"郭师傅，以前大家叫你'傻子'的时候，我也觉得你是一个名副其实的傻子。"张国斌哽咽着说，"可我现在才知道，像你这样的'傻子'有多珍贵，有多难得，你这个'傻子'给了我女儿活下去的希望……你就是当代雷锋啊！"

从此以后，张国斌一家也跟郭明义一起，走上了学雷锋做好事的道路。他们也开始无偿献血，加入了鞍山市的义工团队，还经常到街道打扫卫生……

郭明义的无偿献血事业还在继续。从一九九〇年至今，郭明义无偿献血约七万毫升，拥有六十多本献血证。如果按每八百毫升血液挽救一个危重病人来算，郭明义献出的血可以挽救八十多个危重病人的生命。

心里的"小算盘"

"明义,你都这把年纪了,在工作上拼命我不管你,但可别那么拼命地献血了。"妻子提醒着郭明义。

"我都五十岁的人了,离献血最大年龄不远了。"郭明义对妻子说,"这几年,我要多献血,不然以后就没有机会了。"

"不是说不让你献血了,只是让你少献点,不要每个月去献血小板了。"妻子说。

然而,郭明义还是没有听妻子的劝告,坚持每个月献一次血小板。

郭明义五十岁时,已经是齐大山铁矿生产技术室的工程师了。他总是说:"人生的价值在于奉献。

帮助他人，快乐自己。"对他来说，帮助那些需要帮助的人，捐款捐物，每个月献一次血小板……这些事都能让他实现人生价值，都能让他得到快乐。

郭明义除了坚持献血小板，还做出了一个惊人的决定。

"郭明义这个'傻子'，竟然要捐肾救别人家的孩子！"一个消息从医院里传出来。

"真是傻到家了。捐钱、捐物、捐血也就算了，还要捐肾，他不要命了？！"有人说。

这个消息传到了母亲叶景兰的耳朵里。一向支持郭明义的叶景兰，这次说什么也不同意儿子这样做。她在电话里跟儿子说："明义，你可不能做这样的傻事啊……捐一个肾就等于捐出了半条命……"

一直以来全力支持郭明义的妻子也心疼地对郭明义说："你觉悟再高，难道自己的身体都不要了？讲奉献，也要有个度啊！"

"人有一个肾就够用了，捐出另一个不碍事。"郭明义态度坚决地说。

后来，因为配型没有成功，郭明义的肾没有捐成。这件事情让郭明义有了捐献遗体（器官）的想法。

郭明义四处奔走，倡议大家捐献遗体（器官）。在他的努力动员下，他的妻子、妹妹和妹夫都在遗体（器官）捐赠志愿书上签了字。

"爸爸，这是真的吗？"女儿问。

"是真的。"郭明义说。

"那你们走了以后，我想对你们说说话，咋办？"女儿眼圈红了。

"你不是有我们的照片吗？想我们的话，就对着照片说说话，我们能听见……"郭明义平静地说。

二〇一〇年，在郭明义的号召下，鞍山市红十字会遗体（器官）捐献志愿者俱乐部成立了，首批便有二百一十四名志愿者加入，其中有一百九十名是鞍钢的干部职工，有二十四名是鞍山市市民。

"郭明义，你有四献：献工、献血、献钱物、献遗体。"有人说。

"其实我只献出了一个字，那就是爱。"郭明义笑着说。

郭明义除了自己一心一意地为大家服务，要奉献出自己的全部外，还盘算着要号召更多的人，让爱的火焰温暖全国各地，让更多的人得到帮助。郭明义先后在鞍山市成立了第一支无偿献血志愿者服务队、第一支红十字志愿者服务队、第一支红十字志愿者急救队、郭明义爱心联队等。在齐大山铁矿中，先后有一千余名干部职工加入了这些团队。团队中的志愿者们跟郭明义一样，也积极捐款捐物，献血，献造血干细胞，甚至捐赠遗体（器官），都积极地走着雷锋走过的路，帮助他人，奉献爱心。

二〇〇九年七月二十九日，鞍钢集团矿业有限公司召开了"向郭明义同志学习动员大会"，在会上为郭明义授旗，郭明义爱心团队正式成立。郭明义爱心团队下设希望工程爱心联队、无偿献血志愿者应急服务大队、造血干细胞捐献志愿者大队、遗体（器官）捐献志愿者俱乐部、慈善义工大队、红十字志愿者急救队和红十字志愿者服务队七支大队。

郭明义爱心团队中志愿者的奉献精神，在全国似火种般蔓延开来。一支支大队、分队在各省、直辖市、自治区建起，一个个志愿者加入进来，把一颗颗爱心奉献给那些需要帮助的人。

二〇一〇年五月，郭明义爱心团队的两名志愿者代表将三万元爱心捐款送到了新疆喀什地区塔什库尔干塔吉克自治县的一所城乡寄宿制小学，交到了一百名塔吉克族孩子的手上。其中有三千元是郭明义捐的，他说："我要资助十个孩子。"志愿者在这些孩子的眼睛里看到了光亮，看到了希望。

二〇一〇年十一月，为了给重庆市黔江区水田乡中心小学校筹建食堂和宿舍，让要走一两个小时上学的山区孩子在学校寄宿，郭明义爱心团队在鞍钢集团发起了"参加一次活动，圆孩子们一个梦想"的倡议。鞍钢集团干部职工纷纷响应，积极捐款。十二月九日，郭明义爱心团队志愿者代表带着五十万元捐款（其中包括郭明义捐出来的各级组织奖励给他的奖金、慰问金等两万八千元）来到了重庆市黔江区水田乡中心小学校，在寒冷的冬天里给全校师生带来了暖意。黔江区政府积极筹集了配套资金五十万元，解决了建设食堂和宿舍的难题。后来，新建的宿舍楼被命名为"明义楼"。

二〇一一年三月五日，在重庆，六百多人宣誓加入了郭明义爱心团队重庆大队，最小的志愿者年仅五岁，她是跟妈妈一起来参加活动的。在三峡广场，郭明义爱心团队重庆大学分队的三十名队员为患尿毒症的张勤捐款三千元，全校师生捐款六万多元，为张勤解决了面临的经济困难。

二〇一四年三月五日，郭明义正在采场跟工友们一起铲石头铺路的时候，收到了矿上送来的信。他接过信后，高兴地喊道："习总书记回信了！"

在早晨明媚而温暖的阳光下，郭明义给在场的所有工友（他们基本是爱心团队的成员）一字一句地念着习总书记的回信：

我国工人阶级应该为全社会学雷锋、树新风作出榜样，让学习雷锋精神在祖国大地蔚然成风。希望你们努力践行社会主义核心价值观，积极向上向善，从"赠人玫瑰，手有余香"中感受善的力量，以实际行动书写新时代的雷锋故事，为实现中国梦有一分热发一分光。

"真好啊！习总书记给我们回信了！"
"太高兴了！"
"我们要继续弘扬、传承雷锋精神。"
……

大家都非常激动，相互击掌，拥抱，欢呼……

大家为什么会收到习总书记的回信呢？郭明义说："二〇一四年二月初，我们爱心团队在深入学习习近平系列重要讲话精神的过程中，认识到要实现中华民族伟大复兴的中国梦，必须要进一步弘扬、传承雷锋精神，服务社会，助人为乐，爱岗敬业，向社会传递正能量、好声音。为此，我们给习近平总书记写了一封信，在二月中旬发出，没想到总书记很快就回信了。"

激动之余，郭明义开始认真地思考郭明义爱心团队在新时期的重任：为精准扶贫发光、发热。

随后，郭明义爱心团队陆续在云南、四川、甘肃、宁夏等二十多个省及自治区的偏远地区开展了精准扶贫志愿服务，各爱心团队累计捐款三千多万元，先后在全国结对帮扶了五千多个贫困户。

二〇一七年，郭明义在葫芦岛市建昌县挨家挨户走访贫困户。他的举动感动了身边的干部、群众。很快，葫芦岛市先后成立了一百九十五支郭明义爱心团队分队，他们与别的分队一起，捐款三百五十七万一千元，帮助一百四十六户贫困户翻建了新房。

二〇二〇年六月，郭明义带领十一名志愿者到西藏开展"郭明义爱心团队高原行"活动。在"精准扶贫、传递爱心"系列活动中，他们捐助了那曲市的一百户建档立卡贫困户和五十名贫困生，给每名贫困生一次性资助了两千元。随后，郭明义爱心团队的五十名志愿者和这五十名贫困生结了对子。志愿者将对贫困生进行一对一帮扶，直到他们学成就业。

郭明义的"小算盘"打对了，他以爱心呼唤爱心，让更多人加入奉献者的行列。在全国掀起向郭明义学习的高潮后，越来越多的人向郭明义学习，越来越多的人加入了郭明义爱心团队。如今，全国已经有二十多个省、自治区、直辖市成立了郭明义爱心团队的大队、分队，共计一千四百多支。志愿者人数已达二百四十多万名。爱之花已经绽放在中国的每一个角落。

爱的传承

郭明义的大爱，随着郭明义爱心团队的壮大，在全国各地生根、发芽、开花、结果。一批又一批爱心人士加入爱心团队，同当代雷锋郭明义一样，影响着一个又一个人，走上了"学雷锋，树新风"的道路。

当年，郭明义爱心团队给新疆塔吉克族的孩子们送爱心时，有孩子激动地说："好心的叔叔阿姨给了我三百元钱，爸爸说，我们家可以买一袋面粉了，剩下的钱让我买铅笔。爸爸让我好好学习，将来也要像叔叔阿姨一样去帮助那些上不起学的孩子……"这件事已经过去了十余年，这个孩子应该也长大了，相信他一定会用爱心回报社会。

当年,在葫芦岛市建昌县有一名叫小秋的女孩,因为面部偏颌畸形,没能考取教师资格证书。郭明义爱心团队为她联系上了专业整形医院,并为她提供医疗费用,让小秋得到了治疗。康复后,小秋对郭明义说:"郭伯伯,我要回山里当老师,把收到的爱传递出去。"

当年,鞍山市的退休职工石红艳的女儿患上了尿毒症,需要换肾,却因高额费用一筹莫展。郭明义知晓情况后,发动大家捐款,筹集了十七万元,帮助石红艳的女儿顺利完成了手术。石红艳一家因为给女儿治病,生活非常困难。郭明义又组织大家帮助她开了一家"最美妈妈馄饨店"。只要是环卫工人走进这家馄饨店,便可以免费吃馄饨、喝绿豆汤。石红艳也经常向那些需要帮助的人伸出援助之手。她说:"我们都得到过郭明义的帮助。我也希望有更多的市民加入爱心团队中来,用我们的一点儿光和热,去温暖那些需要光亮的人。我的初心就是这样,帮助别人,快乐自己。"

爱,因郭明义撒下的种子而得以传承。这样的例子太多太多,"郭明义爱心团队公益餐厅"也算其中一例。

二〇二一年九月二十七日,"郭明义爱心团队公益餐厅"开始筹备。热心于公益事业的人们紧张而忙碌地做着试运行前的准备。

"我建议每周都提前出菜单,让大家有个了解。"这个说。

"您是做菜的行家,您来负责排菜谱吧。您排好后,我再把菜谱打印出来钉在墙上。"那个说。

"好嘞!"

很多在爱心餐厅服务的志愿者都是曾经接受过郭明义帮助的人。他们怀着一颗感恩之心,决定把爱心餐厅管理好,帮助老人和环卫工人们。

在筹备爱心餐厅的同时,郭明义爱心工作室成员也在同步进行宣传,希望让大家知道爱心餐厅即将试运行。

"哪些人可以去爱心餐厅吃午餐啊?"有人问。

"七十岁以上的孤寡老人、残疾人、低保户、做饭有困难的老人、环卫工人,都可以到爱心餐厅免费吃午餐。"

"爱心餐厅在十月九日开始试运行,请大家多宣传，让更多的人知道，谢谢！"

二〇二一年十月九日，在鞍山市立山区友好街道永安社区，"郭明义爱心团队公益餐厅"正式揭牌试运行。志愿者准备了丰盛的午餐。郭明义跟志愿者们一起，给前来就餐的老人们安排座位、打饭等。

"看，还安排了一周食谱。"一位老人指着墙上的食谱说。

"每天中午的菜都不重样，好丰盛啊！"另一位老人说。

"志愿者们太用心了！"大家都这么说。

揭牌试运行的这天，大家给两位老人过了生日：刘莲方老人过九十三岁生日，张喜芹老人过七十三岁生日。餐厅为两位老人准备了生日蛋糕和长寿面。大家为两位老人唱生日歌，郭明义亲手给两位老寿星喂了饺子。刘莲方老人激动地说："爱心团队的志愿者们考虑得真是周到啊！谢谢你们！"

"没想到还能过一个这么热闹的生日！"张喜芹老人说。

"饺子真好吃！"花淑娟老人说。

"爱心餐厅为我解决了一个大难题！"徐淑珍老人说。

看着老人们脸上洋溢着的幸福，爱心餐厅负责人高兴地对大家说："我们的爱心餐厅完全是公益形式，不对外开放，运营过程中需要的每一分钱都是爱心志愿者的奉献。希望通过我们的努力，聚沙成塔，让更多老年人得到温暖。也希望更多的爱心人士能够加入我们，让爱心不断扩大。"

试运行当天，爱心餐厅为十四位处于特殊困境中的老人提供了免费午餐。

爱心餐厅试运行的消息传开后，得到了社会各界的支持。

"走，我们去爱心餐厅帮忙洗菜做饭。"

"我厨艺不行，但我可以去打扫卫生。"

"我可以去给行动不便的老人送餐。"

大家都抽时间来爱心餐厅服务。

有一位志愿者是鞍钢的工人，她深受郭明义奉献精神的影响，在利用业余时间来餐厅做志愿服务后，觉得非常有意义，便把丈夫和就读于沈阳师范大学的女儿也带来了。

"只要是放假，都能看见你去帮忙。你为什么总往餐厅跑啊？"有人问这位工人的女儿。

"我是受了我爸爸妈妈的影响，这也算是爱的传承吧！"这位工人的女儿说，"我的同学们也说要来餐厅做志愿者呢。"

爱心餐厅所有的支出，都靠郭明义爱心团队和社会各界的捐赠，还时不时会收到匿名赠品。

这一天，一个姑娘送来两桶食用油。她扔下油就想跑。正在餐厅服务的志愿者赶紧追出去问："哎，姑娘，你叫什么名字呀？"

姑娘回过头来，笑了笑，说："要问名字的话，就叫郭明义微博粉丝吧。"

姑娘走后，志愿者笑了，他说："郭主席有两千多万微博粉丝，她是哪一丝呢？"

来爱心餐厅的爱心人士，除了帮着洗菜、做饭、打扫卫生等，还会陪老人聊天，驱散他们内心的孤独，给他们带去抚慰与温暖。同时，志愿者们还会通过聊天了解老人们的其他困难，比如灯泡坏了，下水道堵了，门锁不好开了……志愿者们会及时上门解决这些问题。

郭明义爱心团队公益餐厅成了老人们温暖的家园。前来吃午餐的老人和环卫工人,从一开始的十多人,增加到了后来的二十多人、三十多人、四十多人。

平凡与非凡

"傻里傻气"的郭明义,只知奉献不图回报的郭明义……学习的脚步从未停过,奉献的脚步从未停过。

走进郭明义爱心工作室,你会发现,郭明义的办公桌上堆满了要学习的文件、报纸和书籍:《人民日报》《光明日报》《星火燎原》《把一切献给党》《让群众过上好日子——习近平正定足迹》《习近平谈治国理政》……

"郭主席,在学习呢?"

"嗯,要多学习。"郭明义端起搪瓷缸,喝一口茶,继续埋头看书。

学习之余,郭明义惦记着的便是采场和大家的困难。

"弘川,前天那位老人家里屋顶漏水,解决好了没有?"郭明义问。

"解决好了,郭主席。"白弘川说。

"金声,那位摔伤了的环卫工人,安排志愿者去慰问过没有?"

"去过了。他的伤已经好多了。"金声说。

"今天是安排去敬老院吧?我们赶紧出发。"郭明义说。

"好。"

……

虽然"郭明义爱心团队"在全国已经有二百四十多万名志愿者,虽然雷锋精神已经在全国开了花,结了果,但郭明义依旧在尽他最大的努力,做着他该做的事情。

"郭主席,你都获得了这么多的荣誉,奖状都这么厚一摞了,你就好好歇歇,不用再为他人奔忙了,还是多陪陪家里人吧。"有人这样对郭明义说。

"嘿嘿。"郭明义总是笑笑,然后继续在雷锋走过的路上前行。

说起家人,那是郭明义这一生最大的歉疚。

因为郭明义总是到别人家里送爱心,郭明义的父母在逢年过节时总是盼不到儿子的归来。郭明义的父亲临终前还叮嘱家人不要埋怨郭明义没有经常回来尽孝,他说:"你们大哥不容易啊,你们要多理解大哥,只要是他做的事情,你们就要支持。"郭明义的母亲也经常对郭明义的弟弟妹妹们说:"你哥承担着很多很多的社会责任……让你哥多做点有益的事情。"每当郭明义"舍小家为大家"的时候,他的妻子总是努力替他尽孝,尽最大的努力照顾着老人。

郭明义的妻子一直支持着郭明义学雷锋做好事,而他所能做的,便是在妻子每天骑车到医院后,打个电话问:"到了没?"每当听到妻子在电话里说"到了"时,他就会回一句"那就行了",然后便会挂断电话,开始忙工作、忙奉献。

郭明义的女儿一直没有收到过父亲送的礼物,因为郭明义的钱都用在了捐赠上。郭明义也从来没有去参加过女儿的家长会,他把时间都用在了为别人奉献上。他所能做的，便是在女儿需要鼓励的时候送她一张字条，而且每次的内容都一样："世上无难事，只怕有心人。"他所能做的，便是教女儿学会如何去爱他人，如何为这个社会做贡献。

这些年，郭明义和他的爱心团队获得了诸多荣誉：

二〇一〇年九月二十一日，中共辽宁省委授予郭明义"优秀共产党员"称号；二〇一〇年九月，中共中央组织部授予郭明义"全国优秀共产党员"称号；二〇一一年，入选"感动中国2010年度人物"；二〇一二年三月二日，中央精神文明建设指导委员会授予郭明义"当代雷锋"荣誉称号；二〇一二年十一月十四日，郭明义当选为中国共产党第十八届中央委员会候补委员；二〇一三年十月和二〇一八年十月，在中华全国总工会第十六届、第十七届执行委员会第一次全体会议上，郭明义均当选为全国总工会兼职副主席；二〇一八年十一月，郭明义入选"100名改革开放杰出贡献对象"；二〇一八年十二月十八日，党中央、国务院授予郭明义"改革先锋"称号，颁授"改革先锋"奖章;二〇一九年九月,郭明义荣获"最美奋斗者"称号;在第六个中华慈善日——二〇二一年九月五日举行的第十一届"中华慈善奖"表彰大会上,郭明义爱心团队被授予"慈善楷模奖"……

在"感动中国2010年度人物"颁奖典礼上,组委会给郭明义的颁奖词是:"他总看别人,还需要什么;他总问自己,还能多做些什么。他舍出的每一枚硬币、每一滴血都滚烫火热。他越平凡,越发不凡;越简单,越彰显简单的伟大。"

推选委员王振耀这样说道:"长期奉献,不计报酬,于普通岗位拓展慈善,的确是当代雷锋。"

然而,每当谈起获得的荣誉时,郭明义总是笑笑,说:"都是过去的事情了,今天还有事情要做。弘川,人都齐了没有?我们该出发了……"

如果你问郭明义:"做什么最幸福?"他准会这样说:"我做好事就最幸福。"

是的,当代雷锋郭明义,每天都在做着好事,每天都在幸福他人,也幸福自己。

他让小爱汇成大爱,用平凡成就非凡。

把幸福给你

郭明义

千百次地我问自己

我的人生,我的爱,在哪里

答案总以热血的名义

我真心地告诉你

这就是我守候的唯一

来吧,朋友

让我唱起心中的歌谣

来吧,朋友,给你一片蓝天

放飞这世界的爱翼

把幸福给你

夜深人静时,我放飞思绪

我的辛劳　我的梦

常忘了自己

深情总是绵绵的结局

我默默地告诉你

爱就是我一生的给予

来吧，朋友

让我给你一个太阳吧

来吧，朋友，给你一片绿色

放牧这世界的美丽

把幸福给你

来吧，朋友

让我给你一个太阳吧

来吧，朋友，给你一片绿色

放牧这世界的美丽

把幸福给你